CARRÉ NOIR

Collection Série Noire
créée par Marcel Duhamel

Nouveautés du mois

1963 — L'ORAGE NE VIENT JAMAIS SEUL
(MICKEY FRIEDMAN)

1964 — BALLON MORT
(MARC VILLARD)

1965 — PRIÈRE D'INCINÉRER
(BILL PRONZINI)

1966 — LE QUAI DES EAUX TROUBLES
(TED WOOD)

LAWRENCE BLOCK

Le voleur insomniaque

TRADUIT DE L'AMÉRICAIN
PAR JACQUES HALL

nrf

GALLIMARD

Titre original :

THE THIEF WHO COULDN'T SLEEP

CHAPITRE PREMIER

Les Turcs ont des geôles sinistres. Ou est-ce là un pluriel abusif ? Pour autant que je sache, il n'y a peut-être qu'une seule prison en Turquie.

Quoi qu'il en soit, il existait au moins une geôle sinistre en Turquie. Sise à Istanbul, elle était humide, crasseuse, lugubre, et me comptait parmi ses pensionnaires. Ma cellule ne comportait qu'une lucarne munie de barreaux, trop petite pour laisser entrer ou sortir beaucoup d'air, trop haute pour dévoiler plus qu'un fragment du ciel.

Une unique ampoule de vingt-cinq watts pendait du plafond et entretenait dans mon alvéole la même grisaille jour et nuit. On m'avait fourni un lit de camp avachi, une table à jeu pliante et un pot de chambre qui trônait dans un angle. Très rudimentaire, la porte consistait en une série de barreaux verticaux à travers lesquels je pouvais distinguer la suite de cellules vides qui me faisaient face. Je n'entrevis jamais d'autres prisonniers, n'entendis point le moindre bruit qui pût provenir d'un être humain, à part le geôlier turc qui paraissait avoir été affecté à ma personne. Il venait matin, midi et soir pour m'apporter ma nourriture. Le petit déjeuner consistait invariablement en un morceau de pain rassis accompagné d'une tasse d'épais café noir. Le déjeuner et le dîner ne variaient jamais : une gamelle pleine d'un pilaf assez peu engageant composé en majeure partie de riz auquel s'ajoutait parfois quelques morceaux de mouton et des fragments de matières végétales d'origine indéterminée. Contre toute attente, le pilaf était délicieux.

L'ennui se révélait infiniment plus difficile à supporter. J'avais été arrêté un mardi à ma descente de l'avion en provenance d'Athènes qui arrivait vers dix heures du matin. Je compris que quelque chose clochait en voyant que le douanier n'en finissait pas de fouiller ma valise. Enfin il la referma avec un soupir.

— Vous êtes bien sûr d'en avoir terminé ? demandai-je.

— Oui. Vous vous appelez Evan Tanner ?

— Oui.

— Evan Michael Tanner ?

— Oui.

— Américain ?

— Oui.

— Vous vous êtes envolé de New York à destination de Londres, puis de Londres à Athènes et d'Athènes à Istanbul ?

— Oui.

— Vous venez en Turquie pour affaire ?

— Oui.

— Vous êtes en état d'arrestation, annonça-t-il avec un sourire.

— Pourquoi ?

— Désolé, mais je ne suis pas autorisé à vous en dire davantage.

Le sceau du secret éternel semblait stigmatiser mon crime. Trois Turcs en uniforme m'emmenèrent à la prison à bord d'une jeep. Là, un scribe me soulagea de ma montre ; ma ceinture, mon passeport, ma valise, ma cravate, mes lacets, mes chaussures, mon peigne de poche et mon portefeuille suivirent le même chemin. Il voulait aussi ma chevalière, mais cette dernière se refusa catégoriquement à quitter mon doigt et il m'autorisa à la garder. Mon garde du corps en uniforme m'escorta le long d'un escalier, puis dans un dédale de couloirs du style catacombes et il me poussa dans une cellule.

L'activité était plutôt réduite entre ces quatre murs. Je ne dors pas. Je n'ai pas dormi depuis plus de seize ans. Je bénéficiais donc d'un inestimable privilège : au lieu de me morfondre seize heures par jour, comme l'eût fait le commun des mortels, je m'empoisonnai vingt-quatre heures sur vingt-quatre. Une terrible envie de lire me travaillait ; j'aurais dévoré n'importe quoi. Le mercredi soir, je demandai à mon gardien s'il pouvait me procurer quelques livres ou magazines.

— Je ne comprends pas l'anglais, répondit-il en turc.

Moi, je parle turc, mais j'estimais préférable de n'en rien laisser paraître.

— Un livre quelconque ou un magazine, insistai-je en anglais. Même un vieux journal.

— Ta mère se délecte de la masturbation des chiens syphilitiques, rétorqua mon Turc dans sa langue maternelle.

Je pris l'assiette de pilaf qu'il me tendait.

— Votre braguette est ouverte, dis-je en anglais.

Il baissa immédiatement les yeux. Sa braguette n'était pas ouverte. Il me décocha un regard lourd de reproches.

— Je ne parle pas anglais, répéta-t-il en turc. Ta mère se fait monter par des chameaux.

Des chiens, des chameaux... Quelle ménagerie ! Il sortit ; je mangeai mon pilaf sans cesser de me demander les raisons qui les avaient poussés à m'appréhender, à m'incarcérer, et si je sortirais jamais de ce cul-de-basse-fosse. Mon gardien prétendait ne pas parler anglais et je feignais d'ignorer le turc. Ainsi les jours suivaient les jours. La lucarne virait alternativement du bleu au noir ; mon geôlier m'apportait du pain au pilaf et du pilaf au pain. Le pot de chambre commençait à approcher de sa capacité maximum ; je m'amusai à calculer le moment exact où il déborderait et imaginai la façon dont je m'y prendrais pour signaler ce fait à un geôlier qui se refusait à admettre la moindre connaissance d'anglais. L'un de nous perdrait-il la face si nous communiquions en français ?

Le programme fut enfin modifié lors de mon neuvième jour de prison, un mercredi. Je pensais que c'était un mardi — une journée manquait à l'appel — mais je dus admettre m'être trompé. J'absorbai mon petit déjeuner habituel, payai comme à l'accoutumée mon tribut au pot de chambre, et me livrai à une brève séance de culture physique. Environ une heure après mon repas matinal, j'entendis un bruit de pas dans le couloir. Mon gardien ouvrit la porte et deux hommes en uniforme entrèrent dans ma cellule. L'un était très grand, très mince, gradé en diable. L'autre, plus petit, plus gros, suant et moustachu, possédait une denture surabondamment aurifiée. Chacun d'eux arborait une baïonnette au côté et un dossier sous le bras. Le plus grand compulsa quelques feuillets, puis il me dévisagea.

— Vous vous appelez Evan Tanner, dit-il.

— Oui.

— Je pense que nous serons en mesure de vous relâcher sous peu, monsieur Tanner, annonça-t-il avec un sourire. Je regrette que nous ayons été contraints d'user de moyens aussi désagréables à votre endroit, mais je suis certain que vous le comprendrez.

— Franchement, je ne crois pas.

Il me scruta.

— Nous avions de très nombreux détails à contrôler ; naturellement, il était indispensable de vous placer dans un endroit sûr pendant que nous procédions à ces vérifications. Et puis... vous vous êtes conduit de façon tellement étrange ! Vous n'avez jamais manifesté de surprise devant votre incarcération ; jamais secoué furieusement les barreaux de votre cellule. Jamais dormi...

— Je ne dors pas.

— Nous ignorions ce détail. (Il sourit de nouveau.) Vous n'avez pas demandé à voir l'ambassadeur des Etats-Unis... ce que tout citoyen américain ne manque pas d'exiger à tout propos : quand il estime que l'addition d'un restaurant est trop élevée, quand la chasse d'eau ne fonctionne pas... Mais vous, vous sembliez tout accepter...

— Quand le viol est inévitable, autant s'allonger et y prendre plaisir.

— Pardon ? Oh ! je vois ! Mais vous comprenez... c'est là une attitude assez inhabituelle, et qui exigeait une explication. Nous nous sommes mis en rapport avec Washington et nous avons beaucoup appris à votre sujet. Pas tout, j'en suis persuadé, mais beaucoup. (Il jeta un regard autour de lui.) Cette ambiance commence peut-être à vous peser. Nous allons vous trouver un endroit plus agréable. Je vais vous interroger, après quoi vous serez libre de partir.

Je quittai la cellule. Le petit bonhomme court sur pattes, à la denture d'or, nous précédait. L'officier et moi le suivions côte à côte et mon garde fermait la marche à quelques pas derrière nous. J'éprouvais une certaine difficulté à marcher. J'avais nettement maigri et, privé de sa ceinture, mon pantalon exigeait le renfort de mes mains. Sans lacets, mes chaussures se dérobaient constamment sous mes pieds.

Dans une pièce plus propre et mieux aérée de l'étage supérieur, mon inquisiteur s'assit sous un portrait flatteur d'Ataturk et me gratifia d'un sourire bienveillant. Il me demanda si je savais pourquoi on m'avait appréhendé avec autant de célérité ; je lui répondis par la négative.

— Aimeriez-vous l'apprendre ?

— Evidemment.

— Vous êtes membre... (Il consulta son dossier.)... d'un étonnant éventail d'organisations, monsieur Tanner. Nous ignorions le nombre exact des causes auxquelles vous vous intéressiez, mais quand nous avons relevé votre nom parmi ceux des passagers en provenance d'Athènes, nous nous sommes aperçus qu'il figurait sur les listes de deux groupements assez curieux. Il semble que vous apparteniez à la société des Amitiés panhelléniques. Est-ce exact ?

— Oui.

— Et à la ligue pour la Restauration de la Petite Arménie.

— Oui.

— Ni l'une ni l'autre de ces deux organisations n'est particulièrement favorable aux intérêts turcs, monsieur Tanner, commenta-t-il en se frottant le menton. Elles ne nous ont causé aucun ennui depuis fort longtemps... mais voilà que subitement vous apparaissez à Istanbul alors que vous êtes membre, non pas d'un de ces groupements, mais des deux ! (Il marqua une pause lourde de sens.) Il vous intéresserait peut-être d'apprendre que, d'après nos archives, vous êtes le seul homme au monde à appartenir simultanément à ces deux organismes.

— Vraiment ?

— Oui.

— Ah ! Voilà qui est passionnant !

Il m'offrit une cigarette ; je la refusai. Il en prit une et l'alluma. L'odeur du tabac turc m'écœura.

— Pourriez-vous m'expliquer les raisons de votre appartenance à ces deux organisations, monsieur Tanner ?

— Je collectionne les adhésions, dis-je après quelques secondes de réflexion. Je suis membre de... nombreuses associations.

— En effet. (Il consulta de nouveau son dossier.) Notre liste n'est peut-être pas complète, mais si vous y relevez des omissions majeures, peut-être pourrez-vous me les signaler. Vous appartenez aux deux groupements déjà mentionnés. Vous êtes aussi membre de la Fraternité républicaine irlandaise et de l'union pour la Suprématie des clans gaéliques, de la société britannique de la Terre plate, de l'amicale Macédonienne, de la confédération mondiale des Ouvriers de l'industrie, de la ligue Libertaire, de l'alliance pour la Libre Croatie, de la *confederación nacional de los Trabajadores de España,* du comité contre la Pollution des eaux par le fluor, de la Fraternité serbe, de la *Nazdóya Fedèróvka,* et de l'Armée lituanienne en exil. (Il leva les yeux et soupira.) Nombre de sociétés figurent encore sur cette liste. Est-il nécessaire que je vous les rappelle ?

— Je suis pénétré d'admiration pour vos services de renseignements.

— Nous étions sûrs d'avoir affaire à un agent provocateur. Nous nous sommes donc mis en rapport avec votre C.I.A. qui a prétendu ne pas vous connaître... ce qui dans notre esprit confirmait votre appartenance à ce service. Actuellement, nous n'avons encore aucune preuve du contraire, mais vous n'entrez pas dans le cadre des normes habituelles ; votre personnage échappe au bon sens.

— C'est vrai, admis-je.

— Vous ne dormez pas... Vous êtes âgé de trente-quatre ans et vous avez perdu la faculté de dormir à dix-huit ans. Est-ce exact ?

— Oui.

— Pendant la guerre ?

— En Corée.

— La Turquie avait envoyé un corps expéditionnaire en Corée.

Cette remarque ne pouvait soulever aucune contestation, mais elle n'apportait pas d'éclaircissement à la situation. Je le laissai venir. Il écrasa sa cigarette et secoua tristement la tête.

— Vous avez reçu une balle dans le crâne ? Est-ce bien cela ?

— Plus ou moins. Un éclat d'obus, pour être plus précis. Aucun centre vital ne semblait avoir été atteint ; il ne s'agissait d'ailleurs que d'un minuscule éclat. J'ai donc été pansé sur place avant de retourner au feu. C'est alors que je me suis rendu compte que je ne pouvais plus dormir... plus du tout, et j'ignorais les raisons de cette insomnie permanente. Les docteurs ont tout d'abord cru à un trouble psychique dû au traumatisme consécutif à ma blessure. Ce n'était absolument pas le cas ; sur le moment, je ne m'étais même pas rendu compte que j'avais été atteint. C'est un camarade qui a remarqué que je saignais un peu au front. Le traumatisme pouvait donc être écarté. C'est alors que...

— Qu'est-ce qu'un traumatisme ?

— Un choc.

— Je vois. Continuez.

— Les médecins en sont venus à m'injecter des somnifères à haute dose ; je perdais connaissance tant que le médicament agissait, puis je me réveillais. Jamais ils n'ont réussi à me plonger dans un sommeil normal. Finalement, ils en ont conclu que mes cellules cérébrales constituant le centre du sommeil avaient été détruites. Ils ne savent pas exactement où se localise ce siège du sommeil ni comment il fonctionne, mais le fait est qu'il n'existe plus chez moi et que je ne dors pas.

— Pas du tout ?

— Pas du tout.

— Quels sont vos moyens d'existence ?

— L'armée me verse une pension pour me consoler.

— Vous touchez cent douze dollars par mois. Est-ce exact ?

C'était parfaitement exact. Je n'ai jamais su à quels calculs s'est livré le ministère de la Défense pour arriver à ce chiffre. Je suis certain qu'il n'existe aucun précédent.

— Cette pension ne vous suffit pas pour vivre. Quelles sont vos autres sources de revenus ? Vous n'êtes pas salarié, n'est-ce pas ?

— Je m'alloue mon propre salaire.

— Comment ça ?

— Je rédige des thèses de doctorat.

— Je ne comprends pas.

— Je prépare des thèses et autres travaux que les édudiants remettent à leurs professeurs comme étant de leur cru. A l'occasion, je me présente aux examens à leur place... à l'université de Columbia ou à celle de New York.

— Cette pratique est-elle autorisée ?

— Non.

— Je vois. En somme, vous les aidez à tricher.

— Je les aide à remédier à leurs insuffisances personnelles.

Il alluma une autre cigarette — gare au cancer ! — et il me considéra avec attention.

— Pourquoi êtes-vous venu en Turquie, monsieur Tanner ?

— Je suis ici en touriste.

— Allons donc ! D'après les rapports de Washington, vous n'avez jamais quitté les Etats-Unis depuis la guerre de Corée. Votre demande de passeport date de moins de trois mois. Vous êtes venu directement à Istanbul. Pourquoi ?

Je marquai une hésitation.

— Pour le compte de qui vous livrez-vous à l'espionnage, monsieur Tanner ? La C.I.A. ? L'une de vos fameuses associations ? Allons, mettez cartes sur table.

— Je ne me livre pas à l'espionnage.

— Alors que faites-vous ici ?

J'hésitai ostensiblement, puis je lançai tout à trac :

— J'ai appris que, près d'Antioche, un homme se livrait à la fabrication de fausses pièces d'or. Il est célèbre, notamment pour ses monnaies arméniennes, mais il en frappe aussi d'autres. Un travail étonnant. Il n'est pas en infraction avec les lois de votre pays. Il ne sort jamais de pièces turques de son atelier ; son négoce est parfaitement légal.

— Continuez.

— J'ai l'intention d'aller le trouver, de lui acheter un assortiment de pièces que je m'arrangerai pour introduire clandestinement aux Etats-Unis où je les vendrai comme authentiques.

Il demeura un long moment silencieux.

— Je ne vous crois pas, dit-il enfin. Vous êtes un espion, un saboteur ou un agent provocateur. J'en suis convaincu. Mais peu importe. Qui que vous soyez, quelles que soient vos intentions, vous devez quitter la Turquie. Vous n'êtes pas le bienvenu dans notre pays... et certains de vos compatriotes attendent votre retour avec impatience pour vous interroger. Mustafa va veiller à ce que vous puissiez prendre un bain et changer de vêtements. A trois heures cet après-midi, vous embarquerez sur un avion de la Panamerican à destination de l'aéroport de Shannon. Mustafa vous accompagnera. Vous aurez deux heures d'attente et vous monterez à bord d'un appareil de la même compagnie qui vous déposera à Washington où Mustafa vous remettra entre les mains des agents de votre gouvernement.

Mustafa, auquel était confiée cette laborieuse mission, était le petit homme crasseux qui m'avait apporté mon pilaf deux fois par jour et mon pain chaque matin. S'il occupait une situation suffisamment importante pour m'escorter à Washington et qu'on ait affecté à ma surveillance en prison un individu aussi élevé dans la hiérarchie, c'est qu'on devait me considérer comme la plus grosse menace qui pût planer sur la paix et la sécurité de la République turque.

— C'est la solution la plus sage, concédai-je.

— N'importe comment, vous ne reviendrez jamais en Turquie. Vous êtes considéré comme *persona non grata.* Nous allons vous rendre toutes les affaires personnelles que vous aviez à votre arrivée, vous quitterez le pays et vous n'y reviendrez sous aucun prétexte.

— Ça ira très bien.

— Je n'en espérais pas moins.

Il se leva, me congédia d'un geste. Mustafa sur les talons, je gagnai la porte.

— Un instant...

Je me retournai.

— Dites-moi. En quoi consiste exactement la société britannique de la Terre plate ?

— A vrai dire, c'est une organisation mondiale. Elle ne se limite pas à la Grande-Bretagne bien qu'elle ait été fondée dans ce pays et que la majorité de ses membres soient domiciliés en Angleterre.

— Mais de quoi s'agit-il ?

— D'un groupe de personnes qui soutiennent que la terre est plate et non ronde. La société s'emploie à propager cette théorie et à rallier des disciples prêts à la défendre.

Il leva vers moi des yeux ronds.

— La terre... plate ? marmonna-t-il. Ces gens sont fous ?

— Pas plus que vous ou moi.

Je le laissai approfondir cette question. Mustafa me conduisit dans une salle de bains rudimentaire et resta derrière la porte pendant que je débarrassais mon corps de l'impressionnante couche de crasse qui s'y était accumulée. Quand je sortis de la douche, il me tendit ma valise. J'y pris des vêtements propres et la refermai.

Au bureau, on me rendit ceinture, cravate, lacets, peigne de poche, portefeuille et montre. Mustafa se chargea de mon passeport qu'il glissa dans sa poche. Je le lui réclamai, il se contenta de sourire et de me répondre qu'il ne parlait pas anglais.

En débouchant dans la rue, le soleil m'aveugla. Je me demandais si Mustafa finirait par renoncer à feindre d'ignorer l'anglais. Nous partions pour un long voyage tous les deux. Allait-il passer tout ce temps muré dans le silence ?

Tout bien pesé, je me dis qu'un Mustafa silencieux serait peut-être moins difficile à supporter qu'un Mustafa prolixe, et cela me permettrait de lire quelques bouquins. Je disposais d'un avantage non négligeable : il parlait anglais sans se douter que je m'en étais aperçu ; je parlais turc et il l'ignorait. Pourquoi abandonner cette position privilégiée ?

Il m'escorta vers une Chevrolet 1953 mangée de rouille, aux pare-chocs bosselés. Mustafa s'installa à côté de moi et donna ordre au chauffeur de nous conduire à l'aéroport. Il se pencha pour lui expliquer que j'étais un dangereux espion américain auquel on ne devait en aucun cas faire confiance.

Décidément, James Bond causait des ravages dans ce pays. Ils voyaient des espions partout et négligeaient les motifs dictés par des intérêts pécuniaires. Moi, un espion ? C'était bien là le dernier métier qu'il me serait venu à l'idée d'exercer. Je n'avais pas la moindre intention de me livrer à l'espionnage pour ou contre la Turquie, ou quelque autre pays que ce soit.

J'étais venu, tout bêtement, pour voler approximativement trois millions de dollars en pièces d'or.

CHAPITRE II

Tout avait commencé quelques mois auparavant, à Manhattan, au point de jonction de trois courants — un travail, une fille, une cause perdue des plus nobles. Le travail consistait à préparer une thèse qui permettrait à Brian Cudahy de décrocher une licence d'Histoire à l'université de Columbia. La fille était Kitty Bazerian, qui se livre à de savantes contorsions ventrales dans les boîtes de nuit de Chelsea sous le nom d'Alexandra la Grande. La cause perdue, l'une des plus nobles, des plus irrémédiablement perdues, était la ligue pour la Restauration de la Petite Arménie.

Brian Cudahy vint me trouver un samedi matin. Mon courrier venait d'arriver et je le triais dans ma salle de séjour. Je reçois une quantité impressionnante de lettres, magazines et autres. Mon nom figure sur des centaines de listes d'adresses et je suis abonné à bon nombre de périodiques. Autant dire que le facteur ne m'a pas à la bonne.

Ma sonnette retentit ; j'appuyai sur un bouton afin de laisser pénétrer mon visiteur dans l'immeuble. Il grimpa les quatre étages ; arrivé sur le palier, il marqua une hésitation. J'attendis qu'il se décide à frapper et allai ouvrir.

— Monsieur Tanner ?
— Oui.
— Je m'appelle Brian Cudahy. Je vous ai téléphoné hier soir...
— Ah ! oui ! Entrez donc. (Il s'installa dans le fauteuil à bascule.) Une tasse de café ?
— Avec plaisir, si ça ne vous dérange pas.
Je préparai du café soluble dans la cuisine et en rapportai deux tasses. Ses yeux fureteurs se livraient à un inventaire en règle de l'appartement. Mon antre intrigue toujours les visiteurs. Je les comprends : il y a des bouquins partout, empilés jusqu'au plafond. Un véritable entrepôt de librairie. Mais quand on a la passion de la lecture et de la recherche et qu'on a la chance — ou la malchance, c'est selon — de n'être pas obligé de consacrer huit heures par jour au sommeil et huit au travail, il est indispensable d'avoir à sa disposition quantité de livres.
— Comment trouvez-vous mon café ?
Il sursauta :
— Pardon ? Oh ! Bon... très bon ! s'exclama-t-il. Mais je... euh... je vais avoir besoin de votre aide, monsieur Tanner.
Il devait avoir dans les vingt-quatre ans. Ses traits nets, son expression éveillée, ses cheveux courts s'accordaient pour lui conférer l'aura de la réussite ; il avait l'air d'un étudiant mais pas du tout d'un intellectuel.
— Je dois remettre ma thèse le 15 du mois prochain, m'expliqua Cudahy. Mais je me heurte à certaines difficultés. J'ai entendu dire que vous... On m'a parlé de vous comme...
— ... quelqu'un qui prépare des thèses.
Il opina.

— Quelle matière ?
— L'Histoire.
— Evidemment, on vous a déjà imposé un sujet.
— Oui. Les persécutions des Arméniens par les Turcs à trois époques distinctes ; à la fin du XIXe siècle, avant, et après la Première Guerre mondiale. (Il sourit.) Ne me demandez pas comment je me suis embarqué dans une histoire pareille ; je n'en sais rien moi-même. Avez-vous quelques lumières sur ce sujet, monsieur Tanner ?
— Oui.
— Non ? demanda-t-il sur un ton qui laissait percer son incrédulité. C'est vrai ?
— Je suis même très au courant de la question.
— Alors, pourriez-vous... euh... rédiger cette thèse ?
— Pour sept cent cinquante dollars, oui.
Son visage s'assombrit.
— Ça me paraît un peu... Je...
— Dans l'industrie, un licencié gagne mille cinq cents dollars de plus dès la première année. C'est là un minimum. Je vous demande la moitié de cette différence de salaire. Si vous voulez marchander, le prix montera ; il ne descendra pas.
— Entendu.
— Parfait. Une thèse d'une centaine de pages ? Et vous la voulez pour le 15 du mois prochain ?
— Oui.
— Vous l'aurez. Appelez-moi dans trois semaines, je vous dirai où j'en suis.
— Trois semaines...
— Inutile de téléphoner avant. Vous me verserez la moitié de cette somme immédiatement, si vous n'y voyez pas d'inconvénient.

— Mais c'est que... je ne l'ai pas sur moi. Puis-je vous l'apporter cet après-midi ?

— N'y manquez pas.

Il revint sur le coup de deux heures avec trois cent soixante-quinze dollars en coupures. Il me tendit l'argent, je le pris, ce qui scella notre pacte avec le diable.

— Vous avez dû rédiger beaucoup de thèses, j'imagine, dit-il.

— Un certain nombre, oui.

— Sur des sujets d'Histoire aussi ?

— D'Histoire, d'anglais, de sociologie, d'économie politique et diverses autres matières.

— Quel a été le sujet de la vôtre ?

— La mienne ?

— Votre doctorat, votre agrégation...

— Je n'ai même pas mon bachot, répondis-je avec franchise. Je me suis engagé dans l'armée dès la fin de mes études secondaires. La Corée. Je ne suis jamais allé à l'université.

Cette révélation le stupéfia. Il se lança dans une foule de considérations relatives à la façon dont j'aurais pu décrocher les peaux d'âne les plus enviées.

— Ce serait un jeu d'enfant pour vous ?

— Justement, dis-je.

La thèse de Cudahy n'avait rien d'ardu. Les démêlés de l'Arménien famélique face au terrible Turc m'étaient déjà familiers. Ma bibliothèque contenait tous les textes de base sur la question ainsi qu'un nombre relativement important d'ouvrages moins connus dont plusieurs en arménien. Je parle arménien, mais la lecture de cette langue est fastidieuse. L'alphabet en est très spécial et la construction des phrases rend sa compréhension assommante. Je possédais aussi un dossier relativement complet des publications en langue anglaise de la ligue pour la Restauration de la Petite Arménie. En dépit de leur partialité, les manifestes de cette société ne pouvaient pas manquer d'impressionner favorablement dans une bibliographie.

Je développai donc la thèse de Cudahy sans grande difficulté. Je limitai quelque peu le sujet en le centrant sur les mouvements nationalistes arméniens, qui avaient en grande partie suscité les réactions et les massacres turcs de 1885 et 1890. Plus tard, au cours de la Première Guerre mondiale, quand la Turquie se fut rangée aux côtés de l'Allemagne, les Turcs se livrèrent à la plus sanglante hécatombe dans la crainte de voir ses sujets arméniens se constituer en une sorte de cinquième colonne. C'est à cette époque que l'expression « Arméniens faméliques » devint courante aux Etats-Unis. Ce fut un véritable génocide. La communauté arménienne fut l'objet de déportations massives ; hommes, femmes et enfants périrent au cours d'atroces massacres et ceux qui échappèrent à cette fureur s'enfuirent ou moururent lentement de faim.

Après la guerre, les Soviets annexèrent l'Arménie proprement dite et l'érigèrent en république socialiste soviétique. Les régions qui demeuraient turques avaient perdu la majeure partie de leur population arménienne ; la dernière des concentrations importantes de ce malheureux peuple qui eut à souffrir de l'extermination massive fut celle de la cité de Smyrne, actuellement Izmir. Les Grecs s'emparèrent de la ville au cours du conflit gréco-turc qui suivit la signature de l'armistice. Quand Ataturk reconquit Smyrne, il rasa la ville et Grecs et Arméniens furent systématiquement massacrés. En 1928, une secousse tellurique porta le coup de grâce à la cité martyre qui, à cette époque, ne comptait déjà plus que de rares Arméniens.

Le cas de Smyrne constituait donc un développement annexe, une sorte d'additif à l'ensemble. J'axai ma thèse sur les mouvements nationalistes, leur organisation, leur développement, leurs objectifs et leurs ultimes effets. Je comptais achever mon travail bien avant la date fixée et je ne prévoyais pas de recherches ultérieures concernant la destruction de Smyrne. Mais alors, je n'avais pas encore rencontré Kitty et sa grand-mère.

Je fis la connaissance de Kitty au cours d'un mariage à Greenwich Village. Mon ami, Owen Morgan, épousait une jeune juive de White Plains. Owen est un poète gallois, au talent discret, qui s'est aperçu que l'on pouvait vivre très convenablement en observant quelques règles essentielles : boire immodérément, débiter à l'occasion quelques bribes de poésie, et séduire prestement toute femme à portée de main. Il me surprit fort le jour où il me demanda d'être son garçon d'honneur, rôle que je n'avais encore jamais tenu. Je me tins donc à ses côtés pendant la cérémonie célébrée par un prêtre catholique et lui passai l'anneau au moment voulu. Lors des festivités qui s'ensuivirent, dans un grenier sombre de Sullivan Street, Kitty Bazerian nous gratifia d'un numéro de danse.

Petite, mince, brune de peau, elle était dotée de

magnifiques cheveux noirs et d'immenses yeux noisette. Elle affectait un maintien des plus modestes malgré le souffle de gaze diaphane qui l'enveloppait.

— Et maintenant, Kitty Bazerian va danser pour nous ! lança quelqu'un.

Sur ce, l'orchestre, habituellement attaché au restaurant des Temps Nouveaux, attaqua un morceau et le corps de Kitty se mit à chanter au centre de la piste improvisée ; musique en mouvement, soie, velours, perfection, il ajoutait une dimension entièrement neuve à la sensualité.

Par la suite, je trouvai Kitty au buffet. Elle portait une jupe et un pull-over sur un collant noir, tenue parfaitement adaptée au mariage d'Owen.

— Alexandra la Grande ! m'exclamai-je.

— Qui vous l'a dit ? On m'avait promis le secret.

— Je vous ai reconnue tout seul.

— C'est vrai ?

— Je vous ai vue danser aux Temps Nouveaux et, avant, au Port-Saïd.

— Et vous m'avez reconnue tout de suite ?

— Bien sûr. Je ne savais pas qu'Alexandra la Grande était arménienne.

— Une Arménienne famélique en ce moment. Est-ce qu'ils vont finir par nous donner à manger ?

— Pas question... Préoccupation infiniment trop prosaïque pour un pur esprit comme Owen.

— Pur esprit ou pas, j'ai déjà beaucoup trop bu et je crève de faim.

— Il ne sera pas dit qu'Evan Tanner a laissé une Arménienne sur sa faim. On s'en va ?

Ma suggestion eut l'heur de lui plaire et je lui proposai de l'emmener dîner au Sayat Nova. Chemin faisant, elle me demanda pourquoi je m'intéressais tant aux Arméniens ; je lui expliquai que je préparais une thèse sur son pays d'origine.

— Vous êtes étudiant ?

— Non, j'écris seulement une thèse.

— Je ne... mais attendez ! Vous êtes *Evan Tanner !* Bien sûr ! Owen m'a parlé de vous. Il prétend que vous êtes encore plus branque que lui.

— Il a peut-être raison.

— Et vous écrivez une thèse sur les Arméniens ? Je devrais vous présenter à ma grand-mère. Elle vous exposerait en détail la façon dont nous avons perdu la fortune familiale. Son histoire ne manque pas d'intérêt et elle la raconte très bien. D'après elle, nous étions les Arméniens les plus riches de Turquie, et en pièces d'or, s'il vous plaît ! Plus de pièces qu'on ne pourrait en compter. Et ces maudits Turcs ont tout raflé ! (Elle rit.) Grandeur et décadence... c'est notre lot, à tous. Owen assure qu'il est le descendant direct d'Owen Glendower, le seul véritable prétendant à la couronne du pays de Galles. D'accord pour le Sayat Nova, Evan. Mais je vous préviens... ça va vous coûter cher ; j'ai une faim de loup !

Je ne me rappelle pas les plats qu'on nous servit, pas plus que leur goût. Le repas était accompagné d'un excellent vin rouge, mais notre conversation nous grisa bien davantage. Je n'ai pas souvent l'occasion de céder à l'euphorie, à l'enchantement, à l'harmonie parfaite ; ce fut le cas ce soir-là.

Sur le trottoir, la brise joua dans sa merveilleuse chevelure d'ébène. Elle me sourit.

— J'habite avec ma mère et ma grand-mère... donc, c'est rayé. Avez-vous un coin où nous pourrions aller ?

— Oui.

— Mais Owen m'a dit que vous ne dormiez pas. Enfin…

— Je ne dors pas, mais j'ai tout de même un lit.

— Vous êtes un amour ! dit-elle en me prenant par le bras. Comme c'est gentil de m'offrir un lit !

CHAPITRE III

Une semaine s'écoula, et j'eus enfin l'occasion de connaître la grand-mère de Kitty. Celle-ci m'avait souvent répété que j'apprécierais fort l'histoire de la vieille dame ; son enthousiasme confina au délire quand je lui montrai ma carte de membre de la ligue pour la Restauration de la Petite Arménie. Elle n'avait jamais entendu parler de cette organisation — en vérité, bien peu de gens sont au courant de son existence — mais elle était certaine que sa grand-mère s'en montrerait enchantée.

— Je serai très heureux de la connaître.

— Vraiment ? Elle ne va plus se tenir de joie ; c'est une vraie gosse quelquefois.

Kitty habitait Brooklyn, juste de l'autre côté du pont, dans un quartier essentiellement syrien et libanais auxquels s'ajoutaient quelques Arméniens. L'après-midi commençait à peine quand nous émergeâmes de la station de métro ; il ne nous fallut que quelques minutes pour gagner l'appartement où nous attendait la vieille dame. La mère de Kitty était absente ; son emploi de serveuse la retenait encore dans un restaurant voisin. Installée devant la télévision, la grand-mère regardait un de ces jeux de l'après-midi qui se déroule invariablement dans une tempête de rires.

— Tiens ! Et qui est ce monsieur ? s'exclama la vieille dame à notre entrée. Tu es mariée, Katin ?

— Non, répondit Kitty-Katin. Grand-maman, je te présente Evan Tanner. Il désirerait te connaître.

— Me connaître ?

Je me trouvais face à une petite femme rabougrie, aux cheveux encore très noirs partagés par une absurde raie au milieu. De joyeuses lueurs dansaient dans ses yeux marron.

— C'est un écrivain, expliqua Kitty. Il s'intéresse beaucoup à la façon dont tu as quitté la Turquie, à la fortune que tu y as laissée, aux massacres... euh... enfin à tout ça.

— Comment s'appelle-t-il ?

— Evan Tanner.

— Tanner ? Il est arménien ?

— Non, je ne suis pas arménien, madame Bazerian, dis-je dans sa langue. Mais je suis depuis longtemps un grand ami du peuple arménien et j'ai une grande admiration pour sa lutte héroïque. Je lui apporte mon soutien dans toute la mesure du possible.

— Il parle arménien ! s'exclama-t-elle, les yeux embrasés de joie. Katin, il parle arménien.

— Je savais bien que tu lui plairais, me chuchota Kitty.

L'histoire de la vieille dame s'inscrivait dans les classiques du genre. Elle m'expliqua que les événements s'étaient déroulés en 1922, alors qu'elle atteignait tout juste l'âge de chercher un mari.

— Et les prétendants ne manquaient pas, monsieur Tanner. J'étais jolie à cette époque, et mon père passait pour l'homme le plus riche de Balikesir...

Balikesir, ville située à environ cent cinquante kilomètres au nord de Smyrne, était alors la capitale de la province du même nom. La grand-mère de Kitty y avait habité avec sa mère, son père, le père de ce dernier, deux frères, une sœur et un assortiment de tantes, oncles et cousins. La maison familiale était l'une des plus belles de la cité et son père jouissait des prérogatives de chef de la communauté arménienne locale. Une vaste bâtisse, à la porte d'entrée flanquée de deux colonnes d'où partait une allée cimentée en pente douce conduisant à la rue, un peu en contrebas. Aucune des cinq cents familles arméniennes de Balikesir ne pouvait s'enorgueillir d'une si belle résidence.

— Les Grecs se battaient contre les Turcs, m'expliqua-t-elle. Bien entendu, nous étions du côté des Grecs et mon père avait levé des fonds pour leur venir en aide. Il connaissait plusieurs de leurs chefs. Des milliers de Grecs habitaient à Balikesir et tous entretenaient d'excellentes relations avec les Arméniens. Certes, nos églises différaient quelque peu, mais nous étions des Chrétiens, et non des Infidèles, comme les Turcs. Au début, mon père crut à la victoire des Grecs ; les Anglais devaient nous aider. Mais l'armée britannique ne se manifesta pas et mon père comprit que les Turcs finiraient par l'emporter.

C'est alors que l'or commença à se déverser dans la maison de Balikesir. Chaque jour, des hommes apportaient des sacs d'or, m'assura-t-elle. Certains arrivaient chargés de valises, d'autres amenaient de petites bourses en cuir, d'autres encore portaient des pièces cousues dans leurs vêtements. Les visiteurs remettaient l'or à mon père qui le comptait soigneusement et leur délivrait un reçu en échange ; puis les pièces allaient grossir les sacs empilés au sous-sol.

— Mais nous ne pouvions pas le laisser là, voyez-vous. Les bandits arrivaient aux portes de Smyrne. Le temps pressait et mon père détenait l'or de tous les Arméniens de Smyrne.

— Vous voulez dire de Balikesir ?

— De Balikesir ? fit-elle en riant. Oh ! non ! Il n'y avait guère que cinq cents familles arméniennes à Balikesir. Non. Nos frères de Smyrne avaient remis leur or à mon père qui bénéficiait de toute leur confiance. Ils savaient que Smyrne tomberait la première. Quelques sacs auraient suffi à contenir la totalité de l'or de Balikesir. Tandis que pour les richesses de Smyrne...

Son père et ses frères avaient travaillé avec acharnement. Elle s'en souvenait parfaitement. Un après-midi, un homme était venu annoncer que Smyrne avait capitulé et le soir même toute la famille s'était mise à l'ouvrage. Une imposante véranda prolongeait la maison. Elle comportait un auvent de bois soutenu par des parois latérales et des colonnes de façade en béton. Cette nuit-là, son père et son oncle Poul percèrent le ciment dans le muret de gauche et tout le monde transporta les pièces d'or du sous-sol pour les dissimuler sous la véranda.

De nombreux voyages avaient été nécessaires. Tous les membres de la famille s'y étaient employés, transportant qui de grands sacs, qui de petits. Elle se souvenait d'avoir laissé tomber une bourse dont toutes les pièces brillantes s'étaient éparpillées sur le ciment du sous-sol. Il lui avait fallu les ramasser une à une et les remettre dans le petit sac de tissu. Elles étaient presque toutes semblables : un peu plus petites qu'une pièce de cinq dollars, frappées d'une tête de femme d'un côté et d'un cavalier de l'autre. Ce dernier, elle se le rappelait parfaitement, brandissait une lance.

Des souverains, évidemment. Le profil de Victoria (Vicki Hanovre, l'usurpatrice) ; et au revers saint Georges terrassant le dragon. Je savais que cette pièce avait été la plus courante parmi les monnaies circulant au Moyen-Orient, celles que les familles thésaurisaient le plus volontiers.

L'espace ménagé sous le porche finit par être totalement comblé par l'or, m'expliqua la vieille dame. Puis, à la lumière d'une lanterne, son père et son oncle mélangèrent du sable et du ciment avec lesquels ils rebouchèrent soigneusement l'ouverture pratiquée dans le béton. Lorsque le ciment eut pris, ils le frottèrent de graviers et de terre afin de lui donner la patine voulue et pour que son aspect ne diffère pas du reste de la maçonnerie.

Jusque-là, les Turcs de Balikesir étaient restés tranquilles. Mais lorsqu'ils apprirent la victoire d'Ataturk, à quelque cent cinquante kilomètres de là, un courage subit s'empara d'eux. Ils passèrent à l'attaque dès le lendemain matin ; leurs hordes se déversèrent sur les Grecs et les Arméniens. Ils incendièrent le quartier grec, qui fut entièrement rasé, et ils égorgèrent tous les Arméniens et les Grecs qui eurent le malheur de tomber entre leurs mains. La grand-mère de Kitty compta parmi les rares rescapés du massacre.

— J'étais jeune et jolie à cette époque... et les Turcs sont de vraies bêtes. J'ai été enlevée et violée... A me voir maintenant, n'est-il pas incroyable que des hommes se soient battus pour mes beaux yeux ? Et pas un seul, mais beaucoup... Enfin, j'ai échappé au massacre. Après, un groupe de Grecs et un vieil Arménien m'ont recueillie et j'ai quitté la ville avec eux. Nous avons erré sur les routes pendant des jours et des jours. Le vieil Arménien est mort... C'est drôle, je ne peux pas me rappeler son nom. Enfin, un matin, tout le monde s'est entassé sur un bateau et nous nous sommes retrouvés ici, à New York, en Amérique.

— Et l'or ?

— Envolé ! Les Turcs ont dû mettre la main dessus.

— Ils l'ont trouvé ?

— Pas au moment des massacres ; mais depuis, ils l'ont certainement découvert. C'est si loin, tout ça... et aucun Arménien n'est jamais retourné là-bas pour tenter de le récupérer. Je suis la seule de la famille à avoir survécu et personne d'autre n'était au courant de la cachette. Mes compatriotes n'ont donc pas pu retrouver le trésor, et les Turcs ont certainement dû se l'approprier.

Je pris le métro pour rentrer chez moi. Je m'installai immédiatement devant ma machine et je transcrivis dans ses moindres détails l'histoire que venait de me raconter la grand-mère de Kitty. Je relus mes notes, puis je me mis à arpenter mon appartement ; je choisis des livres, consultai des articles dans divers opuscules et magazines. Dans un manifeste émanant de la ligue pour la Restauration de la Petite Arménie, il était fait mention de la confiscation de la fortune des Arméniens de Smyrne, mais je ne découvris pas la moindre allusion au dépôt d'or de Balikesir.

A quelques jours de là, les membres de la ligue se

réunirent à Attorney Street, au sud d'East Side. La ligue tient une séance mensuelle à laquelle j'assiste chaque fois que je peux me rendre libre. Autant que je sache, je suis le seul adhérent qui ne soit pas arménien. Après la réunion, je me mis en quête de Nezor Kalichikian, qui connaît tout le monde et les dessous de toutes les histoires. Je savais qu'il avait vécu à Smyrne. Je l'invitai à prendre un café et à disputer une partie d'échecs, qu'il gagna comme d'habitude. Puis, je lui parlai de l'or de Smyrne.

— Le trésor arménien de Smyrne... dit-il avec solennité. Que veux-tu savoir exactement ?

— Qu'est-il devenu ?

Il écarta ses petites mains en un geste expressif.

— Que veux-tu qu'il soit devenu ? Les Turcs l'ont volé naturellement, comme le reste. Puisqu'ils ne pouvaient ni le violer, ni le manger, ni le massacrer, ni l'incendier, ils l'ont sûrement dépensé. Entre leurs mains, ça n'a pas dû traîner. Ils se sont débarrassés des Arméniens, des Grecs et des Juifs, les trois seules ethnies capables d'administrer biens et fonds. Oui, je suis au courant de l'existence du trésor arménien. Tu t'y intéresses vraiment, Evan ?

— Oui.

— Pour un motif particulier ?

— Oui, pour certaines recherches que j'ai entreprises.

— Toujours le même, hein ? (Il but une gorgée de café.) Les Arméniens ont mis leurs fortunes en commun. Il s'agissait d'or. A l'époque, l'usage du papier-monnaie était peu répandu et on ne le considérait pas comme du véritable argent ; jamais les gens n'auraient mis des billets de côté, toujours de l'or. Toutes les économies ont donc été rassemblées et dissimulées dans un sous-sol de Smyrne...

— De Smyrne ?

— Evidemment. Ensuite, les Turcs ont dû se l'approprier puisque personne n'a réussi à le sortir du pays. Toute la ville a été incendiée et rasée. Il n'y a que le sordide faubourg turc qui ait été épargné, le seul quartier auquel le feu eût été salutaire. Les troupes d'Ataturk ont brûlé la ville, après quoi, naturellement, les soudards ont accusé les Grecs et les Arméniens de cette atrocité. Classique... Ils ont certainement découvert l'or au cours de la mise à sac. Attention ! Ta reine est en danger.

— Tant pis. Pièce touchée, pièce jouée. Une autre partie ?

— Tu abandonnes ?

— Oui.

Les pièces retrouvèrent leur place sur leurs cases de départ.

— Il y a eu un tremblement de terre à Smyrne quelques années plus tard, dit-il en avançant un pion. En 1927, je crois.

— 1928.

— Peut-être. Si l'or n'avait pas été découvert avant, il l'aurait été à ce moment-là. Je suis convaincu que les Turcs s'en sont emparés.

— Et il y en avait beaucoup ?

— Oh ! oui ! Mes compatriotes de Smyrne étaient très riches, tu sais.

— Et l'or était caché dans la ville ? A Smyrne même ?

— Evidemment, répliqua ce cher vieux Nazor. Où diable l'aurait-on caché ?

Nulle part, dans aucun texte, je ne trouvai la moindre allusion à la découverte du trésor de

Smyrne. Tout le monde tenait pour acquis que les Turcs avaient découvert l'or, mais personne ne pouvait l'affirmer de façon péremptoire.

Et rien, dans toute la documentation que je consultai, ne pouvait porter à croire que l'or avait été déposé à Balikesir. Je ne disposai que d'un seul élément : la mémoire d'une femme — et elle prétendait être la seule survivante ayant eu connaissance de la cachette. Balikesir n'avait pas été rasée par un incendie ; la cité n'avait pas connu de secousse tellurique. La ville avait subi son lot de massacres et de ravages, mais j'imaginai une maison sur une colline, une véranda soutenue par des piliers de maçonnerie ; je la voyais, ayant survécu à l'épreuve du temps, recelant un trésor insoupçonné et intact...

Ce soir-là, je fis part de mes certitudes à Kitty et lui en exposai les raisons.

— Je crois qu'il y est toujours, dis-je en guise de conclusion.

— A moins qu'il n'ait jamais existé que dans l'imagination de grand-mère. C'est une vieille femme qui a connu bien des épreuves. Jusqu'à quel point peut-on se fier à sa mémoire ? Elle a peut-être toujours habité Smyrne...

— Impossible. Personne n'oublie le nom de sa ville natale.

— Peut-être pas, Evan...

— Une foule d'événements ont pu se produire, dis-je. Les Turcs ont peut-être découvert le trésor. Il est possible que d'autres Arméniens aient eu connaissance de la cachette et qu'ils soient retournés là-bas récupérer l'or. Les nouveaux propriétaires de la maison ont pu effectuer des transformations et trouver le magot, mais...

— Tu crois qu'il y est encore.

— Je crois que c'est possible.

— Est-ce que ça représenterait une somme importante ?

— De nos jours, un souverain vaut dix ou douze dollars. Admettons que l'or n'occupe que la moitié du volume disponible de la cachette, ceci en nous basant sur l'importance de la véranda qu'elle nous a décrite, et contentons-nous d'une estimation très approximative... eh bien, ça représenterait beaucoup d'argent.

— Combien ?

— J'ai essayé de le calculer, mais les éléments dont je dispose sont insuffisants. Et puis, c'est idiot... Je ne sais même pas si cet or est encore là-bas, ou même s'il y a jamais été.

— Combien ?

— Au minimum, dans les deux millions de dollars... peut-être le double. Disons trois millions de dollars.

— Trois millions de dollars ! marmonna-t-elle d'un air pénétré.

Le lendemain matin, j'allai faire ma demande de passeport.

CHAPITRE IV

Sur le moment, tout avait paru merveilleusement simple. Je m'envolerais à destination d'Istanbul et me rendrais par un moyen quelconque à Balikesir. Je me livrerais à une inspection en règle de la ville — sa population actuelle est de trente mille âmes — jusqu'à ce que je découvre la maison que la grand-mère de Kitty m'avait décrite avec un tel luxe de détails que cela équivalait pratiquement à une photographie. Une vaste demeure de deux étages, sur une colline non loin de la gare, et agrémentée de la fabuleuse véranda. Il ne devait pas exister beaucoup de maisons semblables à Balikesir.

Si je trouvais la bâtisse, il me faudrait m'assurer que la véranda était encore intacte, puis me procurer un modèle très simple de détecteur de métaux pour obtenir confirmation de la présence de l'or. Si le trésor s'y trouvait encore, il ne resterait plus qu'à l'extraire de sa cachette et à l'emporter. Problème épineux, sans aucun doute, mais que j'aurais tout loisir de résoudre en temps voulu.

Trois millions de dollars...

Une faible partie de cette somme permettrait à la ligne pour la Restauration de la Petite Arménie d'enregistrer des résultats extraordinaires. Un autre lot de pièces apporterait une aide considérable à la société britannique de la Terre plate, qui pourrait alors se lancer dans une campagne mondiale par voie postale, campagne d'une importance vitale. Et ainsi de suite. Dire que cet or existait peut-être, sans aucun profit pour quiconque ! Qu'il dormait, inutile, ignoré, alors que tous ces merveilleux groupements pourraient l'employer de si utile façon !

Donc, il me fallait partir.

Comment aurais-je pu me douter que ces sacrés Turcs allaient m'appréhender dès ma descente d'avion ?

Mustafa se révéla un compagnon de voyage peu agréable, aussi obstiné à s'attacher à ma personne qu'un rhume des foins.

Le trajet d'Istanbul à Shannon fut long, cahoteux, inconfortable et souverainement ennuyeux. Je me trouvais coincé entre les parfums rances d'une opulente institutrice de Des Moines et l'odeur *sui generis* de Mustafa, qui n'avait certainement jamais entendu parler des bienfaits de l'hydrothérapie.

Heureusement, la nourriture était bonne ; sans goût, évidemment, mais le morceau de bœuf qui trônait au milieu du plateau était plus volumineux que tout ce que j'avais absorbé en fait de viande depuis neuf jours. Il s'accompagnait de petits pois d'un vert plastique et d'une salade rougeâtre et croquante. Quelque chose me manquait. Je me rendis compte que c'était le pilaf. Je ne mangerais peut-être plus jamais un bon pilaf de ma vie ! Puis je me consolai en me disant que le jour où j'aurais envie d'un vrai pilaf, il me suffirait de débarquer en

Turquie. On m'arrêterait aussitôt, on me jetterait en prison, et jusqu'à la fin de mes jours, je pourrais me délecter de pilaf au pain et de pain au pilaf.

Seulement, voilà ! Jamais je ne pourrais retourner en Turquie. Le gouvernement de ce beau pays annulerait mon visa et ne m'en délivrerait jamais d'autre. Et il y avait de fortes chances pour que le gouvernement de la Libre Amérique me privât désormais de passeport.

Je n'avais pourtant rien à me reprocher ! Je m'étais rendu en Turquie, pacifiquement et légalement, mais il fallait compter avec mon propre pays qui a la fâcheuse habitude de retirer les passeports à ses citoyens pour un oui ou pour un non. Ainsi, non seulement je ne pourrais plus retourner en Turquie, mais je ne pourrais probablement plus me rendre nulle part.

Et ces formalités s'émailleraient d'interminables interrogatoires menés par les agents du F.B.I. Qu'avais-je été faire en Turquie ? Qui représentais-je ? Qu'est-ce que je complotais ? Qui ? Quoi ? Où ? Quand ? Pourquoi ?

Je ne pouvais tout de même pas leur dire la vérité. Ce serait de la folie de révéler à ces gens-là l'existence du trésor arménien.

Donc, la seule solution logique était : ne pas retourner aux Etats-Unis. A aucun prix, je ne devais atterrir à Washington.

Je jetai un coup d'œil à Mustafa. Le visage inexpressif, les écouteurs vissés dans la cire de ses oreilles, il s'abreuvait d'un flot de musique. Si seulement je parvenais à me débarrasser de Mustafa, je pourrais peut-être éviter de retourner à Washington. Mais comment échapper à sa sollicitude ?

Nous devions atterrir à Shannon, en Irlande, et attendre deux heures la correspondance. J'aurais deux heures pour me débarrasser de Mustafa.

Cette éblouissante révélation faillit me tirer un cri de joie. Je connaissais des gens en Irlande ! Je recevais du courrier de ce pays chaque mois, presque chaque semaine. J'étais un membre actif de l'union pour la Suprématie des clans gaéliques et de la Fraternité républicaine irlandaise. Si je pouvais contacter n'importe lequel de leurs adhérents, je serais en sûreté. Nous étions de la même race, des frères spirituels. Ils me cacheraient, s'occuperaient de moi ; *ils conspireraient* avec moi !

Shannon...

Je fermai les yeux et tentai de me représenter la carte d'Irlande. Quelle était la ville la plus proche de Shannon ?

Limerick.

Et je connaissais quelqu'un à Limerick ; j'en étais certain. Mais qui ?

Francis Geoghan et Thomas Murphy habitaient Dublin. P. M. Clancy vivait à Howth, un peu au nord de la capitale, et Padraic Fynn résidait à Dun Laoghaire, un peu au sud de Dublin. Mais quelqu'un demeurait à Limerick ; je n'avais plus qu'à retrouver son nom.

Voyons. Dolan ? Nolan ? Je brûlais. Encore un petit effort et j'allais trouver.

Dolan. P. P. Dolan. Padraic Pearse Dolan, ainsi prénommé en hommage aux deux grands martyrs du lundi de Pâques qui avaient proclamé la République sur les marches de l'Hôtel des Postes d'O'Connell Street. Et il n'habitait pas Limerick, mais le comté du même nom. Son adresse me revint tout à coup :

P. P. Dolan, Illanaloo, Croom, comté de Limerick, république d'Irlande.

Où était situé Croom ? Ce bourg ne devait pas être très éloigné de Limerick ; l'ensemble du comté ne couvre pas une très importante superficie. Si je parvenais à le joindre, il me cacherait, il m'accueillerait à bras ouverts, il m'hébergerait.

Seulement, il fallait d'abord que je me débarrasse de Mustafa !

Je le regardai, vautré dans son fauteuil, satisfait sous le flot de musique qu'on lui déversait dans les oreilles. « Continue à rêver, lui conseillai-je intérieurement. Le réveil sera pénible, mon petit bonhomme. »

Deux mille cinq cents kilomètres environ séparent Istanbul de Shannon ; cette distance fut couverte en quelque trois heures et le décalage des fuseaux horaires annula presque exactement le temps de vol. Il était à peu près seize heures quand nous avions décollé d'Istanbul, et il était toujours seize heures, temps local, au moment où notre avion traversa la couche de nuages amoncelés sur l'Irlande.

Jamais je n'avais imaginé un tel vert ; une tache verte, lumineuse, éclatante, intense. Des kilomètres et des kilomètres de verdure. Je regardai de tous mes yeux et un étrange phénomène se produisit en moi : je pensais avec l'accent irlandais ! Soudain, j'étais un Irlandais, un membre de la Fraternité Républicaine irlandaise. Nous arrivions chez moi. Mustafa n'avait plus l'ombre d'une chance.

Atterrissage, évolutions sur la piste, arrêt. Flanqué de Mustafa, je me dirigeai vers le bâtiment bas de l'aéroport. Nos bagages avaient été enregistrés pour Washington ; nous n'avions donc pas de visite de douanes à subir. Je pris place dans la courte file des passagers et un sympathique jeune homme, vêtu d'un uniforme vert, vérifia nos passeports. Mustafa lui tendit nos deux documents ; le policier les lui rendit et mon cerbère s'empressa de les glisser dans sa poche. Il paraissait très content de lui. Il détenait mon passeport ; où aurais-je pu aller ?

Effectivement, où pouvais-je aller ? Mustafa m'entraîna vers un banc qui nous accueillit tous deux. Je jetai un regard alentour et remarquai une porte qui conduisait au magasin hors douanes de Shannon où l'on pouvait acheter des articles à des prix défiant toute concurrence avant le départ. Je notai aussi l'emplacement des toilettes hommes, les deux guichets où on délivrait les billets pour les vols de la Panamerican et ceux d'Aer Lingus, la compagnie irlandaise. Les toilettes Dames, une cafeteria...

Evidemment !

Je me levai. Mustafa m'imita immédiatement et me lança un regard sévère.

— Les toilettes, expliquai-je. Besoin d'y aller. Pipi ! Espèce de crétin !

Bien entendu, il comprenait parfaitement, mais nous continuions tous deux à feindre d'ignorer nos langues respectives. En désespoir de cause, je lui montrai la porte des toilettes, puis je posai mes mains sur mes cuisses et m'inclinai légèrement dans la posture classique du Mannekenpiss.

— Où voulez-vous que j'aille sans passeport ? Accompagnez-moi si vous voulez.

Et, bien entendu, le salopard m'escorta.

La porte des toilettes hommes débouchait sur un long couloir étroit. J'allai jusqu'au bout sans que mon ombre turque me lâche d'une semelle. Je m'immobilisai devant le dernier compartiment et lui demandai s'il tenait à entrer avec moi. Il sourit et se figea devant la porte. Je refermai le battant et repoussai le verrou.

Ainsi, il me prenait pour un James Bond ? Parfait. J'allais donc jouer les James Bond.

Je m'assis sur la lunette et ôtai mes chaussures. Je me débarrassai de ma veste que j'accrochai à la patère. Puis je plaçai mes souliers côte à côte, les bouts tournés vers l'extérieur, dans la position qu'ils auraient normalement occupée si je m'étais livré à l'exercice auquel j'étais censé m'appliquer. J'espérai que Mustafa pourrait apercevoir la pointe de mes chaussures s'il regardait sous la porte.

Puis je me mis à quatre pattes et regardai le carrelage sur toute sa longueur. Il était d'une blancheur immaculée : j'avais bien quitté la Turquie. Les cloisons de séparation ne descendaient pas jusqu'au sol et je m'aperçus que l'un des compartiments du centre était occupé. J'attendis. Ma patience fut bientôt récompensée par un bruit de chasse d'eau. Un homme se leva et sortit. La porte donnant sur le couloir se referma derrière lui.

C'était le moment.

Je rampai sous la cloison, parvins dans le compartiment suivant et recommençai mon manège jusqu'au bout. Je me déplaçai aussi rapidement et silencieusement que possible. Je me contorsionnais sur le ventre, telle une vipère des sables, tout en ayant la certitude que j'étais beaucoup trop lent et infiniment trop bruyant.

Je me trouvais dans le tout dernier compartiment lorsque j'entendis la porte du couloir s'ouvrir. Je retins mon souffle. Un homme entra, utilisa l'urinoir et repartit. Je me demandais si Mustafa continuait à monter la garde. J'entrebâillai la porte et l'aperçus, la cigarette au bec, les yeux bêtement fixés sur le bout de mes chaussures.

Je fus tenté de me faufiler dehors et de prendre la fuite. Mais où aller ? Je ne disposais guère que de deux ou trois minutes d'avance et je pouvais difficilement envisager de parcourir l'Irlande en chaussettes et sans veston. Non, impossible. Je devais mettre mon garde du corps hors d'état de nuire et récupérer mes chaussures.

Je me glissai hors du compartiment, baissai la tête et fonçai.

Il ne remua pas d'un pouce. Au dernier moment, il se retourna nonchalamment pour entrevoir ma masse qui se précipitait sur lui. Sa bouche s'ouvrit et il esquissa un petit pas en arrière au moment où je le percutais de plein fouet. Ma tête s'enfonça dans son ventre mou et je m'écroulai sur lui. Mustafa se dégonfla comme un pneu crevé. Une mêlée s'ensuivit au cours de laquelle il se contenta de me regarder, bouche bée.

Enivré par ma toute-puissance, j'appliquai une main sur ses lèvres répugnantes et pesai de tout mon poids sur sa poitrine et sur son ventre.

— Ma mère, qui est morte il y a quelques années, n'a jamais eu le moindre commerce avec des chiens ou des chameaux, assurai-je dans un turc infiniment plus pur que le sien. Vous n'êtes qu'un infâme porc pour avoir osé proférer de telles accusations. (Je me livrai à un essai de résistance comparée entre sa tête et le sol carrelé.) Je suis un agent secret qui travaille pour l'instauration d'un Kurdistan libre et indépendant. J'ai empoisonné les réserves d'eau d'Istanbul ;

d'ici un mois, tous les habitants de la Turquie périront du choléra.

Ses yeux roulèrent dans leurs orbites.

— Bonne nuit, dis-je en heurtant sa tête contre le sol avec une énergie décuplée.

Ses yeux se voilèrent d'un glacis vitreux. Ses paupières se fermèrent ; un instant, je crus l'avoir tué. Je lui tâtai le pouls ; il vivait encore.

Je le traînai dans le compartiment où j'avais laissé mes chaussures et ma veste. Je le déshabillai entièrement et me servis des morceaux de sa chemise pour le ligoter et le bâillonner. Je lui attachai les mains derrière le dos, lui liai les chevilles et l'installai sur le siège des w.-c. Toute l'opération ne lui tira aucune réaction. J'en conclus qu'il demeurerait dans cette béatitude pendant un bon bout de temps. Je verrouillai la porte pour éviter une indiscrétion prématurée, remis mes propres chaussures et mon veston, fis un ballot de ses affaires et me glissai sous la cloison pour gagner le compartiment voisin. Puis, je quittai les toilettes.

Je pris mon passeport et celui de Mustafa dans la poche de son pantalon. En passant à hauteur d'une corbeille à détritus, j'y jetai ses vêtements et les tassai tout au fond. Je m'attendais à le voir émerger des toilettes pour me prendre en chasse, mais il eut la sagesse de demeurer là où je l'avais laissé. Je poussai les vantaux des grandes portes de glace et me retrouvai dehors.

Jamais l'air ne m'avait paru plus frais. Il commençait à pleuvoir ; le crachin m'assaillit, me glaça jusqu'aux os. Mon complet d'été, idéal pour Istanbul, n'était pas exactement ce qui convenait au climat irlandais. Mais je m'en moquais. J'étais loin de la Turquie, loin des griffes de Mustafa, et libre. Et j'avais encore du mal à y croire.

Une rangée de taxis attendait, mais je n'osais pas en prendre un. Le chauffeur pourrait se souvenir de moi ; inutile de faciliter les recherches qu'on ne manquerait pas d'entreprendre. Je demandai à une hôtesse d'Aer Lingus s'il y avait des bus pour Limerick. Elle me désigna un vieux car à impériale sur lequel je mis immédiatement le cap.

— Vous oubliez vos bagages ! s'écria-t-elle.

— Je les laisse à l'aéroport.

Je montai dans l'autobus et m'installai à l'impériale. Cinq interminables minutes s'écoulèrent. Puis, l'imposant véhicule s'ébranla et s'engagea sur une route étroite. Le receveur monta, se planta devant chacun des voyageurs pour encaisser le prix du billet : cinq shillings. Parvenu devant moi, il jeta un coup d'œil à mon complet et me demanda soixante-dix *cents*. Je lui tendis une coupure d'un dollar ; il tira de sa boîte ventrale un interminable ticket qu'il poinçonna en divers endroits. Il me le remit en même temps que ma monnaie : deux shillings et deux pièces d'un penny. Je ne cherchai pas à approfondir le mystère.

L'autobus cahota pendant environ deux kilomètres, puis il s'arrêta. Un homme en uniforme, pistolet au côté, émergea d'un abri vitré et monta dans le car. Mon cœur se mit à battre la chamade. Mustafa s'était libéré ; il avait alerté la police, elle était à mes trousses...

— Pourriez-vous me dire pourquoi nous nous arrêtons ? demandai-je à mon voisin.

— Vérification douanière, m'expliqua-t-il. Les autorités veillent à ce qu'on n'emporte pas de marchandises hors taxes que l'on peut acheter à l'aéroport.

— Ils procèdent toujours à ce contrôle ?

— Oui, toujours.

Je remerciai mon aimable informateur et m'efforçai de ne pas céder à la panique.

Le douanier monta l'étroit escalier et se faufila dans le passage ménagé entre les sièges. Il demanda si les voyageurs avaient quelque chose à déclarer. Cela ne semblait pas être le cas. Il répéta sa question en gaélique, sans plus de succès. Il se rapprocha de l'escalier et s'arrêta à ma hauteur. Je me figeai.

— Américain ?

— Oui, dis-je dans un souffle.

— Beau tissu, dit-il en palpant mon complet. Mais si vous me permettez un conseil, monsieur, vous le trouverez peut-être un peu mince pour notre climat. Achetez-vous une bonne veste irlandaise.

Je réussis un semblant de sourire.

— Je n'y manquerai pas, dis-je. Merci.

— Merci à vous, monsieur.

Il descendit et la portière de l'autobus se referma sur lui. Le véhicule s'ébranla. Après une minute ou deux, je retrouvai un rythme de respiration presque normal.

CHAPITRE V

J'abandonnai l'autobus à un endroit qui me parut être le centre de Limerick. Le crachin continuait à tomber ; il se chargea de me rappeler qu'à la vue de mon complet, le receveur et le douanier m'avaient tout aussitôt catalogué comme américain. J'avisai un magasin de confection et entrai. L'employé s'apprêtait à fermer. J'achetai un pantalon de flanelle grise et une volumineuse veste de sport en tweed, qui devait peser beaucoup plus que les huit livres qu'elle me coûta. J'ajoutai à ma tenue un pullover de laine noire et une casquette à carreaux ; le tout se monta à quatorze livres, environ quarante dollars.

Je lui remis cent dollars. Armé d'un crayon et d'une feuille de papier, il se livra à de laborieux calculs et me rendit la monnaie, un panaché de coupures anglaises et irlandaises. Il enveloppa très soigneusement mon complet américain dans du papier marron et me tendit un paquet irréprochable, fort bien ficelé. Il m'avait remercié à chacun de mes choix et lors de mon paiement. Une fois de plus, il se confondit en remerciements lorsqu'il me rendit ma monnaie et me remit mon paquet. Il esquissa un sourire malicieux au moment où je le glissai sous mon bras.

— Maintenant, vous avez l'air d'un Irlandais, monsieur.

— Vraiment ? demandai-je, flatté.

— Oui. Au revoir, monsieur, et... merci.

Je découvris un petit bistrot sombre dans une rue adjacente et allai m'accouder au comptoir. Plusieurs hommes âgés installés dans une petite salle voisine, tous vêtus, je le remarquai avec plaisir, de gros pull-overs, de vestes de tweed et coiffés de casquettes à carreaux. Ils buvaient de la Guinness et jouaient aux dominos. Une femme me versa du whisky irlandais dans un verre à pied et posa un pichet d'eau à côté.

— Sommes-nous très loin de Croom ? m'enquis-je.

— Pas très, monsieur. Une quinzaine de kilomètres. Vous comptez y aller ce soir, monsieur ?

— Oui, y a-t-il un autobus ?

— Il y a bien un car, mais le matin seulement.

Ça ne me disait rien du tout d'attendre le lendemain. D'ici là, Limerick serait passé au peigne fin pour y rechercher l'audacieux espion en fuite.

— J'espérais m'y rendre ce soir, dis-je.

— Si vous ne craignez pas la pluie, vous pouvez y aller à pied. Une petite promenade de deux heures, moins même si vous êtes bon marcheur. Vous pourriez aussi louer une bicyclette pour une demi-couronne par jour. Allez donc voir Mulready ; il vous en trouvera sûrement une, et il vous indiquera la route. Vous pourriez être à Croom en moins d'une heure.

— Excellente idée. Je vais suivre votre conseil.

Je trouvai John Mulready dans sa boutique, une petite échoppe encombrée, coincée entre une boucherie et un débit de tabac tout au fond d'une ruelle. C'était un homme d'une cinquantaine d'années, fortement charpenté, au teint fleuri, qui s'exprimait avec un accent de terroir tellement prononcé que j'avais du mal à le comprendre. Il choisit une grande bicyclette munie d'un énorme phare et me proposa d'enfourcher l'engin pour qu'il puisse régler la selle à ma taille. Je me juchai sur le petit triangle de cuir en me demandant si je serais encore capable de rouler à bicyclette. Je lui expliquai que ça faisait des années que ça ne m'était pas arrivé. Il parut surpris.

— Il n'y a pas de vélos en Amérique ?

— Seulement pour les enfants.

— Comment est-ce possible ! Le pays le plus riche du monde et il n'y a que les enfants qui peuvent avoir des bicyclettes ! Quand je raconterai ça aux amis, ils ne voudront jamais me croire !

Je lui demandai le prix de la location. Il me dit que le tarif était d'une demi-couronne par jour, mais qu'il m'accorderait une réduction si je gardais l'engin toute la semaine. Je lui expliquai que je le garderais probablement plusieurs jours. Quand je voulus le régler, il refusa : il préférait que je le paye à mon retour ; ça lui éviterait de tenir toute une comptabilité... Puis, avec force détails, il me fournit les indications nécessaires pour me rendre à Croom.

Seul, sur la route déserte menant à Croom, j'eus tout le loisir de me remémorer la scène qui s'était déroulée dans les toilettes de l'aéroport de Shannon. Je ne m'étais pas conduit comme un James Bond, mais comme un fou furieux. Je m'étais échappé, mais qu'avais-je fui au juste ? Un voyage de retour vers mon propre pays, une séance de questions désagréables, mais inoffensives, posées par des agents du F.B.I. désagréables, mais inoffensifs ; peut-être le retrait temporaire de mon passeport, mais certainement pas pour très longtemps, et l'impossibilité de retourner en Turquie pour tenter de m'approprier le trésor des Arméniens.

Et quelle était ma situation à présent ? Au départ, je n'avais commis aucune infraction, mais ma fuite en constituait une. J'étais un peu comme l'innocent qui abat le policier venu l'appréhender par erreur, et qui, du coup, peut être considéré comme un dangereux criminel.

Pourquoi P. P. Dolan me recevrait-il ? Pourquoi encourrait-il le blâme de trois nations pour venir en aide à un espion ? Et j'avais beau savoir qu'il était membre de la Fraternité, qui sait si je n'aurais pas affaire à un faux frère, un mouchard ? La vision de Victor MacLaglen, tapi dans l'ombre d'une cabane recouverte de chaume, s'imposa à mon esprit. Quelle aide m'apporterait Dolan ? Aucune. Quelle aide serait-il en mesure de m'apporter ? Aucune.

Je traversai Patrickswell, une bourgade composée d'une église, de quatre ou cinq boutiques et de quelques dizaines de maisons. J'avais l'impression de pédaler depuis un siècle. Le ciel s'obscurcissait et la pluie tombait plus drue que jamais. Enfin, je parvins à l'embranchement où s'amorçait la route de Croom.

Enfin, j'arrivai devant un panneau m'indiquant que l'agglomération où j'allais pénétrer se nommait Croom. Je continuai à pédaler jusqu'au premier bistrot ouvert. Je posai ma bicyclette contre le mur et j'entrai. La boutique faisait également office d'épicerie et de café. Deux hommes accoudés au comptoir buvaient du whisky ; un autre, derrière le bar, sirotait de la bière. Tous trois s'exprimaient en gaélique. Je commandai un verre d'alcool du cru ; puis, en anglais, je demandai au propriétaire s'il savait où habitait P. P. Dolan.

Il me fournit des explications tortueuses ; il paraissait incroyable qu'il fallût faire autant de détours dans un si petit village pour atteindre une seule maison. Je le remerciai et sortis. Le whisky local commençait à me monter à la tête. J'enfourchai ma bicyclette sans grande conviction, craignant d'être incapable de me tenir en selle. Les quelques minutes passées au bistrot avaient suffi pour me transformer les jambes en coton.

Je suivis les indications, contournai tous les angles voulus et finis par découvrir la maison : un petit cottage qui m'apparut uniformément gris dans la grisaille du crépuscule. Une antenne de télévision coiffait le toit de chaume et des spirales de fumée montaient de la cheminée.

Je me dirigeai vers la porte en titubant. J'hésitai, tentai de reprendre mon souffle, n'y réussis pas et frappai. J'entendis un bruit de pas et le battant s'ouvrit. J'écarquillai les yeux à la vue du petit bonhomme qui se présentait à moi. Avec son corps rabougri et ses yeux bleus perçants, il évoquait davantage le gnome que l'image de Victor MacLaglen qui s'était imposée à mon esprit quelques instants auparavant.

— P. P. Dolan ?

— C'est moi.

— Padraic Pearse Dolan ?

Il se redressa.

— Lui-même.

— J'ai besoin de votre aide, dis-je. (Puis les mots jaillirent de mes lèvres avec l'impétuosité d'un torrent.) Je viens d'Amérique, de New York. Je suis membre de la Fraternité... de la Fraternité républicaine irlandaise. Et je suis poursuivi... J'étais en prison... Je me suis échappé à mon arrivée en Irlande. Il faut que vous me cachiez.

Haletant, je tirai mon passeport de ma poche et le lui tendis. Il s'en saisit, l'ouvrit, l'examina ; puis il leva les yeux vers moi et, de nouveau, consulta le document.

— Je ne comprends pas, dit-il d'une voix douce. La photo ne vous ressemble pas du tout... et je lis que votre nom est... voyons... (Il cligna des yeux dans la pénombre.) Mustafa Ibn Ali... Ma prononciation est-elle correcte ?

CHAPITRE VI

— Si vous voulez bien entrer et vous asseoir près du feu, monsieur Ali, proposa le petit bonhomme. Il fait froid dehors... et tellement humide ! Voulez-vous prendre une tasse de thé, monsieur Ali ? Nora, fais bouillir de l'eau pour M. Ali. Donc, monsieur Ali...

J'avais dû commettre deux erreurs. En échangeant mon complet d'été contre un costume irlandais plus adéquat, je n'avais pris qu'un des passeports, et bien entendu le mauvais. Le mien était resté dans mes vêtements d'origine si soigneusement enveloppés dans un papier brun par le jeune employé. Je me rappelais très bien que je portais le paquet en entrant dans le bistrot, à Limerick, mais que je ne l'avais plus en sortant de la boutique de Mulready. Donc, je l'avais oublié soit au café, soit au magasin de cycles.

— Je ne m'appelle pas Ali, expliquai-je. J'ai pris le passeport de cet homme par erreur... C'est un Turc. Il était mon geôlier en Turquie. Il me ramenait en Amérique quand je me suis évadé.

— Alors, vous étiez prisonnier ?

— Oui. (Cette révélation amena quelques rides

sur son visage et je crus bon d'ajouter une explication.) J'avais été arrêté pour délit politique.

Cette déclaration le soulagea considérablement. Sa fille Nora vint nous servir du thé. Une bien jolie personne, menue, à l'ossature délicate, presque frêle ; ses yeux bleu clair et son teint laiteux donnaient à ses cheveux noirs un éclat plus sombre encore.

— Voici votre thé, monsieur Ali, annonça-t-elle.

— En fin de compte, ce n'est pas son nom, dit le petit bonhomme. Puis-je vous demander comment vous vous appelez, monsieur ?

— Evan Tanner.

— Tanner, répéta-t-il. Je ne voudrais pas me montrer indiscret, monsieur Tanner, mais qu'est-ce qui vous amène ici, à Croom, chez moi ?

Je le lui expliquai en partie. Il ne se tint plus de joie en apprenant que j'étais un membre américain de la Fraternité et que j'avais entendu parler de lui.

— Alors, on me connaît en Amérique ? fit-il d'un air songeur. Ça, par exemple !

Mais ce fut Nora qui réagit le plus violemment en entendant mon nom.

— Evan Tanner... Seriez-vous par hasard Evan Michael Tanner ?

— Oui, c'est effectivement comme cela que je m'appelle.

— Tu le connais, Nora ?

— Oui, si c'est le même ! s'écria-t-elle. Monsieur Tanner, est-ce vous qui écrivez dans l'*Union irlandaise* ? Oh ! Tu le connais, papa ! Dans le numéro du mois dernier, l'article proposait que des représentants honoraires des six comtés siègent au Parlement. « Nous revendiquons la présence de nos frères des comtés du Nord à la Chambre », par Evan

Michael Tanner. C'est cet article que tu as tant admiré ! Tu trouvais que c'était une idée merveilleuse et tu as ajouté que tu donnerais cher pour pouvoir serrer la main de l'homme qui l'avait écrit.

— Et c'est vous qui avez écrit cet article, monsieur Tanner ? s'exclama-t-il en écarquillant les yeux.

— Oui, c'est moi.

Il m'ôta des mains la tasse de thé.

— Nora, jette ça. Apporte le cruchon de whisky. Et cours chez Garrity chercher ton frère Tom. Je souhaiterais seulement que mon fils aîné soit ici, monsieur Tanner ; il serait heureux de vous rencontrer ; c'est un fidèle membre de la Fraternité, lui aussi. Mais le pauvre est en Angleterre actuellement.

— Pas en prison, j'espère ?

— Non, Dieu merci. Il travaille dans un bureau. Comment voulez-vous qu'un jeune homme gagne sa vie dans notre misérable pays ? Va vite, Nora, et ramène Tom. Surtout, fais bien attention à qui tu parles. (Il secoua tristement la tête.) C'est épouvantable à dire, monsieur Tanner. Mais il y a des espions et des mouchards partout !

Le poste de radio de la cuisine nous apprit à tous les quatre — Dolan, Nora, Tom et moi — les développements de l'affaire Evan Tanner. Mustafa avait dû voir tous les films de James Bond, et en tirer sans vergogne maints épisodes pour pimenter le récit de mon évasion. D'après le bulletin d'informations, j'étais un dangereux espion au service d'une puissance inconnue que l'on ramenait en Amérique après qu'il eut tenté de répandre sur la pauvre Turquie le fléau du choléra. Dans les toilettes de l'aéroport, j'avais écrasé entre mes doigts un petit comprimé afin de libérer un gaz toxique ; ce redoutable stratagème avait eu le pouvoir de paralyser les centres nerveux de Mustafa, le réduisant à une impuissance momentanée. Bien qu'il se fût vaillamment défendu, son état ne lui avait pas permis de résister à mon attaque quand je l'avais assommé et ligoté.

On supposait que je m'étais réfugié à Limerick ; la police de cette localité passait la ville au peigne fin, aidée en cela d'un détachement spécial d'inspecteurs en civil envoyés de Dublin. Mon arrestation était imminente.

— Pas rassurant, marmonnai-je. Tôt ou tard, ils découvriront mon costume et mon passeport. Dès qu'ils auront remonté ma piste jusqu'au magasin de bicyclettes, M. Mulready leur dira que je me suis rendu à Croom ; à ce stade, ils ne manqueront pas de me retrouver.

— Vous êtes en sûreté ici, affirma Dolan.

— Si la police arrive...

— Ce ne serait pas la première perquisition que subirait cette maison, lança Dolan en se redressant. Elle a été bien des fois visitée de fond en comble par les Anglais et assez souvent par les troupes de l'État libre au cours de la Guerre civile. Est-ce que mon père n'a pas caché la moitié de la colonne mobile de Limerick ici ? Et quand Michael Flaherty et le jeune Dwyer ont fait sauter le camion britannique dans les faubourgs de Belfast, n'est-ce pas ici qu'ils sont venus se réfugier ? Ils sont restés là-haut pendant trois semaines avant de pouvoir s'embarquer pour l'Amérique. Plus d'un fugitif a trouvé asile dans la maison de Dolan et jamais un seul d'entre eux n'a été pris. Nora va vous préparer tout ce qu'il faut dans notre cachette au grenier. Il y a un lit et vous y serez confortablement installé. La police pourrait fouiller la maison dix fois, jamais elle ne vous trouvera.

Tom remit quelques briquettes de tourbe dans l'âtre pendant que Nora nous versait à boire. Elle me demanda si j'étais né en Amérique ; je lui répondis par l'affirmative et elle voulut savoir de quelle région d'Irlande ma famille était originaire.

— En vérité, confessai-je, je ne suis pas irlandais.

— Vous faites partie de la Fraternité et vous n'êtes pas irlandais ?

Mon explication les remplit d'étonnement. Padraic Pearse Dolan se dressa avec solennité et demeura immobile, les yeux fixés sur le feu.

— J'ai souvent répété que, partout dans le monde, les hommes de bonne volonté se rallieraient à notre cause, déclara-t-il avec emphase. Peu importe qu'ils soient irlandais ou non. Il y a de nombreuses manifestations en Amérique pour la restitution des six comtés, n'est-ce pas ? Les jeunes gens, les étudiants qui défilent dans les rues avec leurs banderoles...

— Mais n'est-ce pas surtout pour le Viêt-nam ? intervint Nora. L'application des droits civiques, l'interdiction de la bombe à hydrogène...

— Le Viêt-nam, les droits civiques, les bombes et l'Irlande... tout ça ne constitue qu'un seul et même problème, déclara catégoriquement Dolan. C'est l'esprit irlandais qui souffle sur le monde entier ! N'est-ce pas votre avis, monsieur Tanner ?

J'en convins et Nora remplit de nouveau nos verres. Tom tira un harmonica de sa poche et commença à jouer *Les Gars de Wexford*. Petit et mince, âgé de dix-neuf ou vingt ans, il était légèrement plus jeune que sa sœur et doté de la même beauté sauvage. Des heures s'écoulèrent ainsi près du feu. Quand le premier cruchon de whisky fut vide, nous en attaquâmes un deuxième pendant que nous parlions, fredonnions et racontions des histoires.

Nora chanta *Danny Boy* d'une voix frémissante de soprano qui nous tira les larmes des yeux ; de mon côté, je leur appris plusieurs chansons de la Rébellion de 1798 qu'ils ne connaissaient pas. J'expliquai à Dolan que je les savais par cœur pour les avoir entendues maintes fois, grâce à un disque folklorique, et qu'elles faisaient partie du répertoire traditionnel.

— Je n'en ai jamais entendu une seule, m'assura-t-il.

— C'est de la musique populaire transmise de génération en génération.

— Ça explique tout.

Quand le deuxième cruchon fut à moitié vide, je commençai à leur parler de la Turquie et des raisons qui avaient motivé mon voyage. Ils écarquillèrent de grands yeux en m'entendant évoquer le trésor des Arméniens. Nora poussa un soupir de stupéfaction ; je la sentis frissonner.

— Votre fortune sera faite, déclara Dolan. Vous serez riche. Vous aurez des hectares de terre, une maison aussi grande qu'un château.

— Ce n'est pas pour moi que je veux retrouver cet argent.

— Vous êtes fou ! Vous...

Je leur parlai des causes auxquelles les fonds faisaient si cruellement défaut. Il parut abasourdi quand je lui appris que je comptais répartir le trésor entre divers groupements particulièrement dignes d'intérêt, dont, bien entendu, l'armée républicaine irlandaise.

— Vous feriez bien d'y réfléchir à deux fois, marmonna-t-il. A quoi cette bande d'imbéciles emploierait-elle cet or ? Ils iraient faire sauter tout Belfast et se colleraient dans le pétrin jusqu'au cou.

— Ils pourraient peut-être obtenir la restitution des six comtés.

— Ah ! soupira-t-il, le regard perdu. Vous êtes un bon gars, Evan. Quelle noble cause vous défendez !

Je n'avais pas l'intention de leur parler de l'or ; s'ils m'avaient posé des questions, j'aurais vraisemblablement répondu de façon évasive. Mais puisque personne ne m'interrogeait, je ne voyais pas de raisons pour leur cacher la vérité. D'ailleurs, j'éprouvais le besoin d'en parler, sans doute pour me persuader que cette entreprise était bien réelle. Dans l'intimité de ce cottage, en compagnie de ces gens au grand cœur, la Turquie, l'or, Mustafa, le pilaf ne trouvaient pas leur place. Plus rien n'existait que les chansons fredonnées par des voix vibrantes, passionnées, la chaleur de la tourbe brûlant dans l'âtre — conjuguée à celle du whisky — et la douce, proche beauté de Nora.

Quand son père commença à dodeliner de la tête auprès de la cheminée, Tom Dolan m'escorta à ma chambre. On y accédait par une trappe pratiquée dans le plafond du premier étage. Le jeune homme monta sur une chaise, actionna un levier, et un panneau du plafond s'ouvrit, libérant une échelle de corde. Je suivis Tom et pénétrai dans un grenier long et étroit dont la partie centrale formant faîtage ne se trouvait qu'à un mètre vingt du plancher ; la toiture descendait en pente douce et rejoignait le sol à chacune des extrémités. Un matelas, disparaissant sous un amoncellement d'édredons et de couvertures, occupait le centre de la soupente. Tom alluma une bougie posée à côté de la couche, en me souhaitant de ne pas trop m'ennuyer.

— Pour refermer hermétiquement, il vous suffira de ramener l'échelle de corde, puis d'attraper l'anneau du panneau à l'aide de ce bâton, m'expliqua-t-il. Une fois en place et verrouillée, la trappe ne peut pas être ouverte d'en bas. Jamais on ne pourrait se douter qu'il existe une pièce ici, dans un espace aussi réduit et sans fenêtres.

Il redescendit par l'échelle de corde et me la renvoya, puis il souleva le panneau, ce qui me permit d'attraper aisément l'anneau à l'aide du bâton recourbé. Je poussai le verrou, éteignis la chandelle et m'étendis sur le matelas. Il pleuvait toujours. J'entendais de grosses gouttes crépiter sur le chaume.

J'étais fatigué, moulu par ma course à bicyclette. Je me livrai aux rituels exercices de décontraction de Hatha Yoga sur mes centres musculaires, les raidissant puis les relâchant totalement les uns après les autres. Quand j'eus terminé, je m'astreignis à une longue séance de respiration contrôlée ; j'aspirai profondément, imaginai un cercle blanc se détachant sur fond noir, imprégnai mon esprit de ce symbole sans autoriser ma pensée à s'en évader. Après une demi-heure, je me laissai aller à ma respiration normale, puis je bâillai, m'étirai et me levai.

Je descendis au rez-de-chaussée. La tourbe continuait à se consumer dans le foyer. Je m'assis devant le feu et me mis à penser à l'or de Balikesir. Mon esprit était plus alerte et mon corps reposé. Les effets du whisky s'étaient presque complètement dissipés.

L'or... Je m'y étais très mal pris jusque-là. Désormais, il me faudrait aborder le problème par la tangente. Je resterais en Irlande jusqu'à ce qu'on m'oublie puis je traverserais l'Europe en douce et je me faufilerais en Turquie par la frontière bulgare. J'établirais une suite de relais, hors des grands itinéraires, tout au long du chemin, en m'arrêtant chez des sympathisants auxquels je pourrais faire confiance, comme ç'avait été le cas pour P. P. Dolan.

Il y en avait partout, de ces êtres d'exception assoiffés d'idéal ou de ténébreux projets. Et je les connaissais bien : sans poser une foule de questions, sans exiger d'innombrables documents, ils m'hébergeraient et m'aideraient à franchir les frontières, à traverser les villes, à pénétrer en Turquie et à en ressortir.

Fantastique ? Peut-être... Mais, après tout, pas plus que trouver un lit sous le toit de chaume d'un grenier irlandais.

•

J'étais si absorbé dans mes pensées que j'entendis à peine le bruit de ses pas sur les marches. Je me tournai vers elle. Elle portait une robe de chambre en flanelle blanche et ses petits pieds disparaissaient dans de mignonnes pantoufles assorties.

— Je me doutais que vous étiez ici, dit-elle. Vous ne pouvez pas dormir là-haut ?

— Je n'étais pas fatigué. J'espère que je ne vous ai pas réveillée ?

— Je n'arrivais pas à m'endormir. Rassurez-vous, je ne vous ai pas entendu, mais je pensais que vous étiez ici. Voulez-vous que je ravive le feu ?

— Pas pour moi.

— Un peu de thé ? Oh ! Mais vous devez avoir faim ! Qu'allez-vous penser de notre hospitalité ? Nous vous abreuvons d'alcool et nous ne vous offrons rien à manger. Je vais vous griller une côtelette.

— Ne prenez pas cette peine !

— Mais si, c'est avec plaisir.

Elle prépara du thé, fit griller deux côtelettes d'agneau qu'elle me servit avec de succulentes pommes de terre. Elle s'assit près du feu et j'insistai pour qu'elle partage mon repas. Puis elle nous servit du thé et me posa des questions sur la façon dont je comptais procéder. Je lui fis part de quelques-unes des idées qui m'étaient venues et des moyens que j'envisageais pour retourner en Turquie.

— Alors, vous allez réellement partir ?

— Oui.

— Pourrez-vous jamais rentrer dans votre pays, Evan ?

— Je ne sais pas, dis-je après un silence.

— Si vous deviez avoir des ennuis là-bas...

— Je n'y ai même pas pensé. Je ne peux pas rentrer en Amérique tout de suite. Mais quand tout sera terminé...

— Vous pourriez rester en Irlande. (Je lus dans ses yeux qu'elle parlait très sérieusement.) Je sais qu'en ce moment, vous ne pensez qu'à cet or ; mais quand vous aurez découvert le trésor, si vous ne pouviez pas retourner en Amérique, vous auriez toujours la possibilité de revenir en Irlande.

— Je ne pense pas que le gouvernement irlandais éprouve beaucoup de sympathie pour moi actuellement.

— Etes-vous catholique, Evan ?

— Non.

— Protestant alors ?

— Non. Je n'appartiens à aucune confession.

— Dans ce cas, si vous le désiriez, vous pourriez vous convertir au catholicisme ?

— Oui, si je le désirais.

— Ah !

Elle posa sa main sur la mienne.

— Vous pourriez revenir en Irlande, reprit-elle lentement, avec conviction. Je ne dis pas que vous le ferez, ni que vous ne le ferez pas, mais vous en auriez la possibilité. Et vous pourriez vous convertir au catholicisme ; je n'affirme pas que vous embrasserez ou que vous refuserez d'embrasser cette religion... (Ses joues s'empourprèrent ; à la lueur du feu, ses yeux devenaient plus bleus que jamais.) C'est tout de même un péché, mais pas mortel... Et si le père Daly m'entend en confession à la place du père O'Neill, il se montrera plus clément. Oh ! Nora ! Vilaine fille ! Tu devrais avoir honte. Evoquer la confession et la pénitence avant même d'avoir péché... n'est-ce pas encore une autre façon de pécher ?

Je cherchai ses lèvres, les trouvai. Elle poussa un soupir de bien-être et nicha sa tête contre ma poitrine. Mes doigts se perdirent dans sa longue chevelure noire. Elle se dégagea, leva l'ovale de son visage et nos yeux se rencontrèrent.

— Dites-moi des mensonges, Evan.

— Peut-être reviendrai-je en Irlande.

— Ahhh !

— Et peut-être, si Dieu le veut, trouverai-je le chemin de la Foi.

— Vous êtes le plus adorable des menteurs. Encore un dernier mensonge. Qui aimez-vous ?

— C'est vous que j'aime, Nora.

Je l'amenai par l'échelle de corde à mon petit nid de pie, à l'abri du toit de chaume. Je refermai la trappe sur nous. Elle m'assura que personne ne nous entendrait. Son père et son frère dormaient comme des souches et les sons traversaient difficilement les murs du vieux cottage.

Elle ne me laissa pas allumer la bougie. Je l'entendis ôter sa robe de chambre dans un coin du grenier, puis elle vint se glisser contre moi sous les édredons et les couvertures. Nous échangeâmes d'autres mensonges d'amour qui devinrent réalité dans l'ombre.

Je m'aperçus qu'elle avait connu d'autres menteurs avant moi. Découverte qui me remplit tout à la fois de tristesse et de soulagement.

Puis elle s'endormit un court instant. Je la tins dans mes bras et ramenai les édredons sur nous. Quand elle s'éveilla, elle me caressa le visage et posa ses lèvres sur les miennes.

— Un péché véniel, dit-elle d'un ton enjoué.

— Un petit péché de rien du tout, lui assurai-je.

— Si Dieu avait voulu faire de moi une sainte, on m'aurait sûrement envoyée au couvent… Et qui se serait occupé de papa ?

Elle se leva, passa sa robe de chambre ; puis elle ouvrit la trappe et commença à descendre l'échelle.

— Maintenant, dit-elle, tu vas pouvoir dormir.

CHAPITRE VII

En attendant l'heure du petit déjeuner, j'eus le temps de lire une biographie populaire de Robert Emmet, le révolutionnaire irlandais, et plusieurs chapitres de la *Vie des Saints*. Vers cinq heures et demie, j'ouvris la porte pour prendre un peu l'air. Des lambeaux de brume flottaient sur la campagne et s'effilochaient dans les premières lueurs de l'aube. L'air était saturé d'humidité ; il ne pleuvait pas, mais l'accalmie serait certainement de courte durée.

Un peu après six heures, Nora descendit et prépara le petit déjeuner. Elle portait une jupe et un pull-over, et elle était rayonnante. Son père et son frère parurent quelques minutes plus tard, et tout le monde s'assit à la table qui se chargea de saucisses, d'œufs, de toasts, le tout accompagné d'un thé très fort.

Une demi-heure plus tard, je me retrouvai seul. Tom était parti pour Limerick rendre ma bicyclette ; j'espérais qu'il pourrait récupérer mon complet et mon passeport. Nora était allée à l'église avant de faire quelques achats ; quant à Dolan, il était allé rejoindre son équipe qui travaillait à la réfection d'une route au sud du village. Je m'installai devant un bloc de papier, un paquet d'enveloppes et commençai à rédiger un certain nombre de lettres sibyllines. Je comptais quitter le pays aussi tôt que possible et estimais qu'il serait préférable de préparer mes hôtes éventuels, disséminés sur le continent, à la venue d'un visiteur clandestin qu'ils devraient peut-être héberger. Je ne savais pas quels itinéraires j'emprunterais, quelles frontières se révéleraient difficiles à franchir, et dans quels pays je serais jugé indésirable. J'écrivis donc plus de lettres qu'il n'était nécessaire. Les destinataires se trouvaient très éloignés les uns des autres, de l'Espagne à la Lettonie. Sur le plan politique, l'éventail allait des anarcho-syndicalistes portugais aux monarchistes roumains. Je ne comptais pas rendre visite au quart de mes correspondants, mais comment savoir ?

Je libellai les lettres en restant aussi vague que possible. Cela donnait quelque chose dans ce genre :

Cher cousin Peder,

Je crois de mon devoir de t'apprendre que ma nièce Christine vient d'avoir son premier enfant, un garçon. Le voyage qu'il me faudra entreprendre pour assister au baptême m'obligera à parcourir une bien grande distance. A cette occasion, j'espère trouver auprès de toi un accueil chaleureux et un gîte pour la nuit.

Bien affectueusement à toi,

ANTON

Bien entendu, les noms et la forme de chaque message variaient pour s'adapter à la nationalité et à la langue du destinataire. Je terminai la dernière et libellai autant d'enveloppes que je le pus. Je ne me rappelais pas toutes les adresses, mais je savais que je pourrais trouver celles qui me manquaient à

Londres, où presque tous les groupes auxquels j'appartiens possèdent des sympathisants.

La prudence exigeait de ne pas poster toutes mes missives à Croom ! peut-être était-il même préférable de ne pas en expédier deux d'une même ville. Mais elles étaient prêtes.

A son retour, Nora me parut toute rougissante. Elle se mit cependant à tourner autour de moi.

— Je ne dois plus avoir aucun commerce avec vous, m'annonça-t-elle.

— Eh bien, c'est entendu.

— Vous en prenez bien facilement votre parti !

J'éclatai de rire et me rapprochai d'elle pour la saisir par la taille. Ses yeux bleus pétillant de joie, elle virevolta pour m'échapper. Je me précipitai à sa suite, trébuchai et tombai. Elle se pencha vivement pour s'assurer que je ne m'étais pas fait mal ; j'en profitai pour l'attraper. Ce fut un jeu d'enfant de l'attirer à moi et de l'embrasser. Elle me traita de canaille tout en s'empressant de jeter ses bras autour de mon cou. Soudain, elle s'écarta ; un bruit nous parvenait de l'extérieur. La porte s'ouvrit brutalement, livrant passage à Tom. Sa bicyclette — ou la mienne, ou celle de M. Mulready — gisait sur le seuil.

— Monsieur Tanner était tombé, commença Nora. Je regardais s'il n'était pas blessé et...

Tom ne lui accorda qu'un bref regard, un rien incrédule. Il était hors d'haleine et son visage ruisselait de sueur.

— La vieille femme du bistrot a trouvé votre complet, annonça-t-il. Elle est allée à la police. Ils ont suivi votre trace qui les amenés chez Mulready et cet imbécile leur a dit que vous vous rendiez à Croom. Ils ont sauté dans une voiture... En ce moment même, ils sont sur la route de Limerick. Je les ai dépassés en revenant.

— Vous les avez dépassés ?

— Oui. Ils avaient crevé et ils voulaient que je les aide à changer la roue ! Ils étaient deux et ils ne savaient même pas se servir du cric ! Je leur ai demandé où ils allaient ; ils m'ont répondu : « A Croom. » Je leur ai dit que j'allais revenir tout de suite pour leur donner un coup de main et j'ai foncé ici. Ils iront directement au bistrot, et là ils découvriront que vous avez demandé le chemin de notre maison. Vous feriez mieux de remonter vous cacher là-haut.

— Je vais partir.

— Pour aller où ? A Limerick, on dit qu'ils attendent du renfort de Dublin et de Cork. Montez au grenier et ne bougez pas. Ils ne vont pas tarder à arriver, mais ils ne vous trouveront jamais là-haut.

Je ramassai mes lettres et le pull-over que j'avais posé sur une chaise. J'ouvris le panneau, grimpai à l'échelle de corde que je ramenai derrière moi. Tom repoussa la trappe et la referma aussi de l'extérieur.

Je ne restai peut-être pas plus de cinq minutes, tapi dans l'obscurité à côté du panneau, mais elles me parurent une éternité. J'entendis une voiture s'arrêter devant la maison, des coups résonner contre la porte. Des bribes de phrases me parvinrent quand les deux policiers commencèrent à fouiller le cottage ; puis ils montèrent l'escalier. Nora s'évertuait à affirmer que sa famille ne cachait personne, absolument personne.

— Vous et votre satané I.R.A., grogna l'un des policiers. Vous ne savez pas que la guerre est finie ?

— Elle n'a même pas commencé, rétorqua Tom, d'un ton farouche.

Le deuxième policier sondait le plafond.

— J'ai été hébergé dans un cottage exactement semblable à celui-ci, expliqua-t-il. Oh ! Ça fait bien longtemps... quand j'étais moi-même en fuite. J'ai dû me cacher dans la moitié des maisons de Limerick et dans un bon tiers de celles du comté de Clare ! C'est quel nom, ici ? Dolan ?

— Oui.

— Mais alors, j'ai trouvé asile ici aussi ! Il y avait une fameuse cachette sous le toit, si je me souviens bien. Tiens... Qu'est-ce que c'est que ça ? Vous entendez comme ça sonne creux ? Il est là-haut. J'en jurerais !

Il était parvenu à dégager légèrement le panneau, assez pour glisser les doigts à l'intérieur. Il tira et je perçus la traction exercée sur le loquet. Le bois était vieux ; je me demandai s'il résisterait.

— Nous sommes une République à présent, disait l'autre policier. Une République libre et indépendante.

— Une République libre et indépendante sous la sale botte de ce sale parlement anglais, riposta Tom.

— Gardez ça pour vos réunions et vos défilés.

Le policier avait assuré sa prise sur la trappe. Le loquet ne pouvait pas tenir bien longtemps. Il commençait à craquer.

— Vous perdez votre temps, assura Nora en une ultime tentative.

— Ah ! oui ?

— Il était ici, c'est vrai. Mais il est parti ce matin.

— Et il a réussi à fermer le loquet de l'intérieur

avant de partir ? Vous n'allez tout de même pas faire croire ça à un honnête policier irlandais, ma petite !

— Je n'en ai encore jamais rencontré.

— Quoi donc ?

— D'honnêtes policiers irlandais...

A cet instant, le montant de bois rendit l'âme. Le loquet céda et le panneau s'ouvrit brutalement. Le flic suivit le mouvement et alla s'étaler par terre. Son collègue passa aussitôt à l'action. Tendant le bras, il saisit l'extrémité de l'échelle de corde et la libéra. Je m'efforçais de me fondre dans l'obscurité ; je les distinguais parfaitement en contrebas, mais eux ne me voyaient pas encore.

Le policier qui avait vaillamment forcé le panneau se remettait sur pied en jurant par saint Patrick. L'autre se tourna vers lui et dégaina son revolver.

— Attends-moi ici, dit-il. Je vais monter le chercher.

— Sois prudent, Liam. Il est dangereux.

— Ne t'inquiète pas.

Soudain, je me remémorai les toilettes de l'aéroport de Shannon. Silencieux, figé, je regardai l'argousin qui gravissait résolument les degrés de l'échelle de corde. Il s'agrippait d'une main et tenait son revolver de l'autre. Mais ses yeux étaient lents à s'accoutumer à l'obscurité ; ils demeuraient fixés sur moi sans me voir. Carence de vitamines A, peut-être.

Je risquai un coup d'œil en bas. L'autre policier se tenait au pied de l'échelle, un regard aveugle braqué sur le rectangle d'ombre. Tom se trouvait à sa gauche, Nora à un mètre sur sa droite. Bouche ouverte, elle se tordait désespérément les mains. Je reportai mon attention sur le valeureux argousin qui montait à l'assaut. Il émergea de la trappe, se redressa d'un bloc et poussa un bien agréable beuglement quand sa tête percuta la poutre transversale du grenier.

Je le saisis par les épaules et poussai. Il fut catapulté à travers la soupente. Sans lui laisser le temps de réagir, je me jetai dans l'ouverture, tel un parachutiste largué sur l'objectif. Au cours de ma chute, j'aperçus entre mes pieds le visage levé de l'autre argousin. Il n'avait pas l'air de comprendre ce qui lui arrivait.

— Vive la République ! cria quelqu'un.

Ce n'est que plusieurs jours plus tard que je compris que la voix qui avait lancé ce cri de guerre n'était autre que la mienne.

CHAPITRE VIII

Cela ne fut ni aussi facile ni aussi glorieux que mon assaut sur la personne de Mustafa, mais le procédé n'en comportait pas moins certains avantages. L'argousin se rejeta de côté à l'ultime fraction de seconde ; ce fut dommage, car mes pieds auraient percuté ses épaules et il se serait effondré comme un bœuf foudroyé. Je l'atteignis à l'instant où il s'écartait et nous nous étalâmes tous les deux dans une direction opposée. Je me relevai et fonçai sur lui. Il voulut tirer son revolver de son étui, mais il se prit le doigt dans la boucle. J'entrevis sa chevelure blanche et ses yeux d'un bleu bébé ; mon poing se détendit, mais manqua son but. Il se rua sur moi. Tom lui balança un coup de pied dans le ventre, pendant que Nora lui martelait le crâne du talon de sa chaussure. Cette coopération se révéla fructueuse, le représentant de l'ordre perdit connaissance.

Je me souvins de la trappe au tout dernier moment. Je me précipitai et renvoyai l'échelle de corde vers le grenier. J'eus la joie d'en voir l'extrémité frapper le policier de la soupente avec une force suffisante pour stopper son élan. Je soulevai le panneau pour le remettre en place. L'homme retrouva son équilibre et se jeta sur la trappe. Ses doigts en agrippèrent le rebord et il poussa un rugissement quand le panneau lui coinça les phalanges. Par pure bonté d'âme, je laissai un interstice raisonnable pour qu'il puisse se libérer ; il en profita pour donner libre cours à ses hurlements. On eût dit un chameau blatérant à fendre l'âme au moment de sa castration. Je refermai le panneau et le maintins pendant que Tom repoussait le verrou.

— Il ne tiendra pas, remarqua Nora.

— Je sais.

— S'il saute dessus...

— Je sais.

L'autre commençait à remuer, et son petit camarade du grenier martelait la trappe. Tôt ou tard, il s'aviserait de sauter dessus à pieds joints, alors il ne tarderait pas à atterrir sur nous. La fuite me parut s'imposer. Je dévalai l'escalier et passai le seuil. Leur voiture, une Vauxhall grise, nantie d'une sirène montée sur le pare-chocs avant, attendait devant la porte. Ils avaient laissé la clé de contact. Les flics s'imaginent toujours que personne ne serait assez fou pour voler une voiture de police.

J'ouvris brutalement la portière et sautai sur le siège, du côté où le volant aurait dû se trouver. Evidemment, il n'y était pas. Je me glissai à l'emplacement voulu et mis le contact. Le moteur toussa et s'étouffa ; je recommençai et il daigna démarrer. Je tâtonnai à la recherche du frein à main ; je réussis à le libérer, passai en première et me dégageai du trottoir.

Il n'y avait pas de roue de secours, puisqu'ils avaient crevé... Sans pneu de rechange, il était dangereux de m'aventurer ainsi...

J'entendis une détonation et vis le flic à cheveux blancs qui me tirait dessus de la fenêtre du premier étage. Il avait dû retrouver ses esprits et se rappeler la manière de dégrafer son étui à revolver. Et la trappe avait manifestement cédé sous le poids de son collègue puisque celui-ci franchissait le seuil du cottage et fonçait dans ma direction.

J'écrasai l'accélérateur et laissai derrière moi l'accueillante bourgade de Croom.

La voiture se révéla plus désagréable encore que la bicyclette. Il y avait des mois que je n'avais pas tenu un volant, et la conduite à droite me désorientait complètement. La Vauxhall manifestait une fâcheuse tendance à dévier du mauvais côté de la route et à se porter à la rencontre des voitures qui venaient en sens inverse, comme si elle était dotée d'une volonté propre.

Pour me compliquer encore l'existence, je n'avais pas la moindre idée de l'endroit vers lequel je me dirigeais avec tant d'empressement. Quand une borne m'indiqua enfin que j'approchais d'une ville nommée Rath Luirc, je ne fus pas plus avancé, car j'ignorais si elle était située au nord, au sud, à l'est ou à l'ouest de Croom. En traversant Rath Luirc, je découvris tout de même que cette route conduisait à Cork en passant par Mallow. Cela valait mieux que de retourner à Limerick, mais ça ne me mènerait pas à Dublin, ni à Londres, ni à Balikesir.

Quelques kilomètres après Mallow, j'avisai un chemin de terre sur ma droite. Je m'y enfonçai, parcourus deux ou trois kilomètres et m'arrêtai sur le bas-côté. Je trouvai une carte d'Irlande dans la boîte à gants. Je la déployai et parvins à peu près à me situer. J'étais à peu près perdu.

Je rangeai la carte et triai les autres trésors contenus dans la boîte à gants : trois billets de sweepstake, une lampe de poche, un timbre-poste de quatre pence à l'effigie de Daniel O'Connell, une petite fiasque chromée remplie de whisky, une paire de menottes sans clé, une médaille de saint Christophe fixée à une chaîne plaquée or et un demi-sandwich au jambon soigneusement enveloppé dans du papier sulfurisé. Je mangeai le sandwich, bus quelques gorgées de whisky, glissai la torche dans l'une de mes poches et la fiasque dans une autre, puis je me passai autour du cou la chaîne et la médaille de saint Christophe. Au point où j'en étais, je ne devais négliger aucune aide, d'où qu'elle vînt.

Je regagnai la route principale à pied et repartis en direction de Mallow. Après avoir marché environ un kilomètre, une voiture s'arrêta à ma hauteur et un jeune prêtre m'offrit de prendre place à côté de lui.

La langue le démangeait, non pour parler du Concile, mais de l'espion américain qui, selon une rumeur digne de foi, se trouvait à Dublin où il projetait de dynamiter la résidence de de Valera. Je lui dis que j'ignorais tout de ces événements, que j'étais un Ecossais d'Edimbourg venu apprendre le gaélique dans le comté de Mayo ; pour le moment, je visitais la campagne irlandaise.

Je postai la moitié de mes lettres à Mallow, où j'aperçus un exemplaire du journal de Cork, l'*Examiner,* qui publiait ma photo en première page. J'enfonçai ma casquette sur mes yeux et gagnai la gare routière d'un pas rapide. Un employé m'apprit qu'un autocar partait pour Dublin dans un peu plus d'une heure. J'avais encore suffisamment d'argent irlandais pour payer mon voyage et je pris mon billet. Je remarquai un bistrot de l'autre côté de la rue ; il semblait plongé dans une pénombre de bon aloi. J'y dégustai un merlan frit accompagné de pommes chips, bus un verre de Guinness, et attendis l'heure du départ de mon car, le visage soigneusement dissimulé à l'abri d'un journal. Puis je montai dans le car, présentai mon billet et allai m'installer au fond. J'avais l'impression que tous les regards convergeaient sur moi comme si je m'étais promené nu ; pourtant personne ne parut se préoccuper de ma présence. J'avais acheté tout un lot de livres de poche à la gare routière et je les lus les uns après les autres, sans lever la tête, pendant l'interminable trajet.

Il y eut un arrêt à Kilkenny pour le dîner, puis le voyage pour Dublin reprit en passant par Carlow, Kildare et Naas. La pluie s'était remise à tomber au coucher du soleil. Neuf heures allaient sonner quand le car s'arrêta au terminus de Dublin. Nous n'avions pas parcouru plus de deux cents kilomètres, mais le voyage avait été coupé de nombreux et interminables arrêts. En descendant de l'autobus, je m'aperçus que la gare grouillait de policiers. Plusieurs d'entre eux me dévisagèrent sans me reconnaître. J'allai m'enfermer dans les toilettes pour me remonter d'une bonne rasade de whisky. Je refermai la fiasque et eus de la peine à lui trouver une place dans mes poches bourrées. Je sortis de la gare routière en empruntant une sortie interdite et partis sous la pluie dans un dédale de rues étroites sans très bien savoir où je me trouvais ni quelle direction choisir. Parvenu à O'Connell Street, la principale artère du centre de Dublin, j'estimai être sur la bonne voie.

Deux films de James Bond passaient dans un cinéma proche de ce qui restait du monument de

Nelson. L'I.R.A. en avait fait sauter un morceau quelques mois auparavant, et la municipalité avait fait le reste. Quelques blocs de la colonne gisaient encore çà et là. Un grand type à lunettes, une serviette noire à la main, contemplait les vestiges. Il me regarda, puis reporta son attention sur le reste du monument. J'entrai dans le cinéma et choisis un fauteuil de la rangée du fond. Je restai là pendant deux heures et demie, animé par l'espoir que Sean Connery m'apporterait peut-être une révélation susceptible de me dicter une décision. Je disposais d'une poignée d'argent américain, que je n'osais pas dépenser, de quelques livres anglaises et irlandaises, d'une torche électrique, d'une fiasque de whisky (que je visai et abandonnai au cours de la projection du second film), et d'une médaille de saint Christophe. Je n'avais pas de passeport, aucun moyen de quitter l'Irlande, et pas la moindre idée de ce que j'allais faire.

James Bond ne me fut d'aucun secours. Vers la fin du deuxième film, au moment où il tenait la fille dans ses bras à proximité d'un chaudron de plomb en fusion, j'aperçus un homme qui arpentait lentement le passage central en scrutant l'obscurité comme s'il cherchait un fauteuil libre. La salle était pourtant à moitié vide. Je le regardai avec plus d'attention et reconnus l'individu qui nous avait considérés alternativement, les vestiges de feu Nelson et moi-même. Et j'avais l'impression de l'avoir déjà vu à la gare des autobus.

Je me tassai sur mon fauteuil et baissai la tête. Il continuait à arpenter la salle. Un instant, ses yeux m'effleurèrent, mais il ne parut pas me reconnaître. Je retenais mon souffle. Enfin, il s'éloigna et quitta la salle. Je dus faire un gros effort pour retrouver un rythme de respiration normal. J'épongeai la sueur qui perlait à mon front.

Je savais qu'il serait là quand je sortirais.

Je quittai le cinéma et tentai de me perdre dans la foule. Quand je crus l'avoir semé, je tournai prudemment la tête. Il me suivait. Je gagnai lentement l'angle de la rue, tournai brusquement à droite et me mis à galoper. Je parcourus ainsi deux cents mètres sous le regard stupéfait des noctambules qui semblaient me prendre pour un fou. Haletant, je me jetai dans une rue transversale et repris une marche normale. Un taxi passait. Je le hélai et il s'arrêta.

— Contentez-vous de rouler droit devant vous, dis-je.

— Où voulez-vous aller, monsieur ?

J'aurais bien voulu le savoir.

— Conduisez-moi dans une bonne boîte... un endroit où on mange bien, parvins-je à articuler.

Le taxi n'avait pas encore bougé d'un pouce.

— Il y a un excellent restaurant de l'autre côté de la rue, monsieur. Et très raisonnable.

Mon suiveur tournait l'angle. Je remarquai qu'il n'avait plus sa serviette. J'essayai de me faire tout petit dans le taxi, mais il m'aperçut.

— Je me suis disputé avec ma femme... Je crois qu'elle me suit. Roulez un moment, puis vous me déposerez devant ce restaurant, voulez-vous ?

Il acquiesça et finit par embrayer. Le grand type, au bord du trottoir, essayait de héler un taxi. Mon chauffeur démarra à l'instant où les feux de signalisation passaient au rouge. Je regardai par la lunette arrière ; le type n'avait toujours pas trouvé de voiture. Mon taxi tourna dans la première rue à gauche, franchit trois carrefours et tourna à nouveau. Je me laissai aller contre mon dossier et me détendis.

Je ne cessai de regarder par la vitre arrière ; quand j'apercevais un taxi derrière, je demandais au chauffeur de tourner encore afin de le semer. Finalement, il m'assura qu'avec tous ces détours, personne n'aurait pu nous suivre.

— Je vais vous déposer devant ce restaurant, monsieur. Vous verrez qu'on y mange très bien.

Je descendis devant l'établissement en question. Je refermai la portière du taxi et jetai un coup d'œil par-dessus mon épaule ; j'aperçus le grand type à lunettes. Il essayait toujours de héler un taxi. Il me vit. Nos yeux se rencontrèrent. Je sentis la tête me tourner. J'entrai dans le restaurant. Quand je risquai un coup d'œil derrière moi, il traversait la chaussée dans ma direction.

Le maître d'hôtel m'indiqua une table. Je commandai un cognac et m'assis face à la porte. Jamais encore je ne m'étais senti aussi stupide. J'avais échappé à mon suiveur pour revenir me jeter bêtement dans ses bras.

La porte s'ouvrit. L'homme entra. Il me vit, puis se retourna vers la porte. Il paraissait inquiet, hésitant. Il devait avoir peur de m'appréhender seul. Je devais être catalogué parmi les individus armés et dangereux.

Pouvais-je encore fuir ? La surprise avait joué en ma faveur par deux fois : avec Mustafa et les deux honnêtes policiers irlandais. Jamais deux sans trois... Tout de même, je me dis que, cette fois, ce serait tenter le diable. L'homme était sur ses gardes ;

il s'avançait vers ma table... Je n'avais pas le choix. Je feignis de regarder quelqu'un, au fond de la salle, tandis que mes doigts agrippaient le rebord de la table. Quand il serait suffisamment près, je la ferais basculer sur lui et je me précipiterais vers la sortie.

C'est alors que je vis arriver les trois policiers. J'étais coincé. J'eus un instant l'impression que j'étais en train de me noyer. Toute la liste de mes méfaits vint m'assaillir : agression sur la personne d'un Turc ; entrée clandestine en Irlande ; usurpation de papiers d'identité ; vol de bicyclette ; coups et blessures portés à des policiers dans l'exercice de leurs fonctions ; vol de voiture ; abandon de véhicule ; refus d'obtempérer aux sommations des agents de la force publique...

Le grand type à lunettes trébucha, glissa en avant, tout près de moi. Il amortit sa chute de la main droite, pendant que sa gauche m'effleurait.

— Chez Mooney, Talbot Street, me chuchota-t-il.

Puis il se redressa et s'éloigna.

Avec une solennité d'officiants, les policiers passèrent devant ma table et empoignèrent l'homme, l'un par le bras droit, l'autre par le bras gauche, tandis que le troisième suivait, pistolet au poing. Ils l'escortèrent ainsi vers la sortie, sans même m'accorder un regard. Médusé, cloué sur ma chaise, j'assistai à la scène, les yeux écarquillés, comme tous les autres clients, assez éméchés pour la plupart. Arrivé sur le seuil, le grand type à lunettes passa à l'action. Il lança une ruade à l'argousin qui fermait la marche, pistolet au poing, et, d'une secousse, il se libéra de la poigne des deux autres et fila dans la rue.

Je me précipitai vers la porte en même temps que la plupart des clients. Des coups de sifflet, suivis de deux détonations, déchirèrent la nuit. En débouchant sur le trottoir, je vis le fugitif qui traversait la chaussée en courant. L'un des policiers tira. L'homme pivota sur lui-même, revolver au poing, et fit feu. Une balle fracassa la vitrine du restaurant ; je me jetai à terre. Une nouvelle fusillade éclata. Prudemment, je risquai un œil et aperçus la masse inerte du fuyard, recroquevillée au milieu de la rue. Des sirènes ululaient dans le lointain. L'un des policiers avait eu la main traversée par une balle ; il saignait abondamment.

Et personne ne s'intéressait à moi.

Je regagnai ma table. Mes mains tremblaient ; je ne pouvais pas les arrêter. Pendant un instant, je crus être en proie à une crise de schizophrénie caractérisée. Il me semblait que c'était moi qui avais tenté d'échapper à la police et qu'on avait abattu, et le fait de reporter ce que je venais de subir sur un tiers m'apparaissait comme un symptôme de ma folie. Le garçon me servit mon cognac ; je le bus d'un trait et en commandai un autre.

Chez Mooney, Talbot Street, avait-il dit. Qu'est-ce que cela voulait dire ? Qui était ce type, et pour qui me prenait-il ? Pourquoi m'avait-il suivi ? Chez Mooney... ? Devais-je le retrouver à cet endroit ? Il y avait bien peu de chances pour qu'il soit au rendez-vous.

C'est alors que je fis une découverte dans la poche droite de ma veste : il avait dû y glisser l'objet en trébuchant. Il s'agissait d'un jeton de cuivre d'environ trois centimètres de diamètre, marqué du chiffre 249.

A ce stade, il me fut relativement facile de comprendre le processus à défaut d'en percer les intentions. Je regagnai O'Connell Street et découvris Talbot Street, presque à l'angle du cinéma.

« Chez Mooney » était un bar où se pressaient de nombreux clients. Je me présentai au vestiaire et remis le jeton de cuivre. Comme je m'y attendais, l'employée me tendit la serviette noire et je laissai un shilling dans la soucoupe. J'allai m'enfermer dans les toilettes et posai le porte-documents sur mes genoux. Il n'était pas fermé à clé ; je l'ouvris.

Sur le dessus, se trouvait une enveloppe libellée à mon nom. J'en tirai une unique feuille de papier à l'en-tête d'un hôtel de la ville. Le message au crayon avait été griffonné en hâte.

Tanner,

Je souhaite seulement de ne pas me tromper sur votre compte. Livrez la marchandise à qui de droit et on s'occupera de vous. Les passeports sont franco. Gros ennuis pour vous si la livraison n'est pas effectuée.

Moins de six heures après cette édifiante lecture, j'étais à Madrid.

CHAPITRE IX

Esteban Robles habitait calle de la Sangre — rue du Sang — une étroite et sombre venelle du quartier estudiantin, au sud de l'université. La matinée était étouffante ; le soleil brillait d'un éclat insoutenable dans un ciel d'azur, vierge de nuages.

Je trouvai Robles au troisième étage d'un immeuble délabré, perméable à toutes les odeurs de cuisine. Sa chambre évoquait la cellule d'un moine hostile aux soins ménagers ; son bureau croulait sous les livres, les coupures de journaux et les mégots de cigarettes. L'occupant de cet antre était un jeune type au corps de matador, et on imaginait volontiers son visage barbu dans un défilé de protestation. Je le connaissais en tant que membre de la fédération des Anarchistes ibériques ; option assez inconfortable en Espagne, et j'eus du mal à le convaincre que je n'étais pas un agent provocateur de la Garde civile.

Je n'aurais peut-être pas dû m'en soucier. S'il avait continué à me prendre pour un membre de la police secrète de Franco, il m'aurait sans doute apporté une collaboration plus efficace. Cette idée ne m'effleura pas et les efforts que je déployai en vue de lui faire admettre ma véritable identité ne réussirent qu'à le terrifier.

— Mais que faites-vous ici ? me demandait-il continuellement. Pourquoi êtes-vous venu me trouver ?

— Je dois me rendre en Turquie…

— Et alors ? Je ne suis pas un avion ! Vous courez de gros risques ici. Il vous faut partir.

— J'ai besoin de votre aide.

— Mon aide ? (Une fois de plus, il jeta un regard vers la porte.) Je ne peux pas vous aider. La police est partout. Et je ne suis pas en mesure de vous offrir un asile, ni quoi que ce soit. Je n'ai qu'un petit lit et j'y dors. Vous ne pouvez pas rester ici.

— Je veux quitter l'Espagne.

— Moi aussi. Nous en sommes tous là. Je pourrais gagner une énorme fortune en Amérique. Je deviendrais coiffeur. Jacky Kennedy.

— Comment ?

— Je la coifferais et je réaliserais une fortune.

— Je ne vois pas très bien…

— Je n'ai pas pris mon petit déjeuner. Il y a un café en bas mais vous ne pouvez pas y aller. Ils vous abattraient comme un chien. Parlez-vous espagnol ?

Comme nous n'avions pas cessé de nous exprimer dans cette langue, je commençais à soupçonner Robles de dérangement cérébral.

— Je n'ai pas d'argent, reprit-il.

Je lui remis quelques billets espagnols et lui dis d'aller nous chercher à manger. Il m'arracha l'argent des mains, jeta un nouveau coup d'œil à la porte, puis il alluma une cigarette, aspira furieusement la fumée, répandit les cendres sur le plancher et alla s'affaler sur son grabat.

— Si je commande à déjeuner pour deux, ils sauront qu'il y a quelqu'un chez moi.

— Dites-leur que vous avez une petite amie.

— Ici ? Dans cette porcherie ?
— Eh bien...
— Ils me connaissent, dit-il tristement. Ils savent que je n'ai jamais de petite amie. Vous n'auriez pas dû venir ici. Pourquoi avez-vous quitté l'Amérique ? Mamie Eisenhower... Qui est-ce qui la coiffe ?
— Je ne sais pas.
— Tout ce que vous savez, c'est créer des ennuis. Comment allons-nous manger ? Personne ne croira que vous êtes une fille... Vous avez les cheveux trop courts.

J'émis une suggestion : il pourrait aller prendre son petit déjeuner au café d'en bas avant d'aller m'acheter quelques victuailles. Il se leva d'un bond et me sauta au cou.

— *Amigo !* Vous êtes un génie ! Vous nous sauverez tous !

Il sortit enfin et j'essayai de verrouiller la porte, mais la serrure était cassée. Je m'assis sur le lit et lus une traduction assez médiocre de l'essai de Kropotkin sur l' « Entraide ». Ce devait être là son livre de chevet car le texte était abondamment souligné. Mais les passages mis ainsi en évidence n'offraient aucune espèce d'intérêt : des phrases insignifiantes, des adjectifs courants, des noms de lieux et autres banalités du même ordre.

Il revint muni de brioches et d'un gobelet de carton contenant du *café con leche*. Pendant que je me restaurais, il ne cessa de regarder vers la porte.

— Nous ne sommes pas en sécurité ici, expliqua-t-il. La police vient chaque jour et me roue de coups. Vous me croyez ?
— Oui.
— Vraiment ? Vous auriez dû rester en Amérique. Qu'est-ce que vous me voulez ?

— Je ne vous demande que quelques heures de solitude. Laissez-moi me reposer un moment dans votre chambre, et ensuite mettez-moi en rapport avec quelqu'un qui soit capable de me sortir d'Espagne. (Je tirai quelques billets espagnols de mon portefeuille.) Vous pourriez aller au cinéma...

Il partit en trombe. Je fermai la porte ; j'aurais été plus tranquille si elle avait été munie d'une serrure en bon état. Je m'assis sur le lit d'Esteban et ouvris ma serviette noire. Un don du ciel. Le matériel de survie idéal pour un fugitif. Elle contenait tout ce dont je pouvais avoir besoin — devises, passeports, documents si secrets que j'avais beau me mettre l'esprit à la torture, je ne parvenais pas à imaginer à quoi ils pouvaient bien se rapporter.

Avec la note anonyme et inintelligible, la serviette contenait un gros pull-over, portant la griffe d'un magasin londonien, des sous-vêtements de rechange, une affreuse paire de chaussettes écossaises en laine, un rasoir de sûreté sans lame, une brosse à dents, de la poudre dentifrice fabriquée à Liverpool, et une cravate en rayonne japonaise ornée d'une représentation fantaisiste d'une divinité hindoue. Elle recelait aussi une épaisse enveloppe bleue contenant des paquets de devises britanniques, américaines, suisses, retenues par une bande élastique — deux cents livres sterling, cent cinquante dollars, et un peu plus de deux mille francs suisses. Une autre enveloppe, plus grande celle-là, renfermait trois passeports. Un américain au nom de William Alan Traynor ; un britannique se rapportant à un certain R. Kenneth Leyden, et un suisse établi au patronyme de Henri Boehm. Chacun de ces documents présentait une photographie assez floue de l'inconnu de haute taille. Sur le passeport américain, il portait des lunettes ; sur les deux autres, il n'en avait pas.

Une troisième enveloppe bulle, soigneusement scellée à l'aide de fort papier adhésif, renfermait les mystérieux documents ; manifestement, ceux-ci étaient la « marchandise » que je devais livrer à « qui de droit ». J'avais laborieusement décollé le ruban adhésif dans l'intimité des toilettes de Dublin afin de jeter un coup d'œil au contenu du paquet. Sur le moment, je n'y avais trouvé aucun sens ; à présent, dans l'atmosphère assez peu réjouissante de la crasseuse petite chambre d'Esteban Robles, leur signification demeurait tout aussi impénétrable.

Six feuilles, des photocopies d'épures ; mais des épures de quoi ? Je n'en avais pas la moindre idée. Douze feuillets quadrillés, provenant d'un calepin, et recouverts de ce qui représentait soit des élucubrations de mathématicien, soit un code ésotérique. Plusieurs graphiques soigneusement dessinés. En somme, un lot d'informations confidentielles, sans doute volé à quelqu'un et destiné à quelqu'un d'autre... Mais volé à qui ? Destiné à qui ? Et indiquant quoi ?

Quand j'avais ouvert la serviette pour la première fois, je dois avouer que ces détails m'importaient peu. Après avoir tout remis en place, j'avais sauté dans un taxi pour me faire conduire à l'aéroport de Dublin. Là, j'utilisai le passeport américain pour prendre un billet à destination de Madrid que je réglai en dollars. Je laissai la serviette à la consigne et retournai en ville. Au comptoir des objets trouvés de la gare d'autobus, j'expliquai que j'avais oublié une paire de lunettes dans le car et demandai si quelqu'un les avait rapportées. On m'en présenta immédiatement cinq paires que j'aurais aimé essayer afin de choisir celle qui me troublerait le moins la vue. Mais ce geste aurait pu éveiller les soupçons. J'optai pour celle qui ressemblait le plus à la monture figurant sur le passeport d'Alan Traynor ; je remerciai l'employé et m'éloignai.

De retour à l'aéroport, je retirai la serviette de la consigne, glissai l'enveloppe de papiers secrets indéchiffrables sous ma chemise, et les devises allèrent grossir mon modeste pécule personnel. Je plaçai mes deux passeports supplémentaires (ainsi que celui de Mustafa Ibn Ali) dans une poche, me coiffai conformément à la photo du sieur Alan Traynor et mis les lunettes. Leur précédent propriétaire combinait manifestement une extrême myopie à un sévère astigmatisme. En moins de cinq minutes, le port des verres me valut un aveuglant mal de tête.

J'aurais préféré utiliser un autre passeport et ainsi éviter les lunettes, mais les verres changeaient un peu ma physionomie et, avec ma photo étalée sur tous les journaux d'Irlande, j'estimais préférable de ne pas être reconnu sous les traits d'Evan Michael Tanner. Par ailleurs, le passeport de Traynor était le seul qui fût muni d'un timbre d'entrée en Irlande. Indubitablement, il avait servi à mon inconnu pour pénétrer dans ce pays six semaines auparavant.

Je franchis aveuglément la douane où ma serviette ne fut l'objet que d'une visite de pure forme. Le voyage pour Madrid s'accomplit sous d'heureux auspices, sans le moindre incident, et l'avion se posa en douceur sur la terre ibérique.

Dès que j'eus passé la douane espagnole, je tirai de ma poche le passeport établi au nom de R. Kenneth Leyden et le présentai en guise de pièce d'identité pour changer des livres sterling en pesetas au comptoir de la compagnie Iberia. Je rangeai les lunettes en souhaitant ne jamais avoir à les rechausser et me mis en devoir d'aller trouver le seul homme de Madrid capable de m'aider dans cette escale de mon voyage vers Balikesir.

N'ayant jamais eu l'occasion de rencontrer Esteban Robles, je ne pouvais pas savoir alors que mon correspondant était fou.

Le paquet de documents secrets m'inquiétait. J'aurais pu les détruire, mais ce geste risquait d'avoir des conséquences désastreuses s'ils avaient réellement autant de valeur qu'ils semblaient en représenter.

En un sens, j'avais une sorte de dette à l'égard de mon bienfaiteur anonyme, le grand type à lunettes, qui avait été abattu par la police irlandaise. Aussi erronées qu'aient pu être ses suppositions à mon endroit, aussi suspects qu'aient pu être ses mobiles, il m'avait rendu un fier service. Je lui devais trois passeports ; l'un m'avait permis de fausser compagnie à l'Irlande dont les honnêtes policiers auraient, tôt ou tard, fini par débusquer leur gibier. Il m'avait doté d'un capital qui allait m'aider à poursuivre mon voyage vers Balikesir. Mes propres fonds s'amenuisaient dangereusement, et ses livres sterling, dollars et francs étaient les bienvenus.

Il m'avait aussi procuré des sous-vêtements et des chaussettes de rechange que je me mis en devoir d'enfiler. On ne porte pas les caleçons et les chaussettes d'un mort sans éprouver une certaine obligation morale envers leur précédent propriétaire ; cela vous incite à poursuivre la mission de ce dernier. Mais qui était-il ? Pour qui travaillait-il ? Les Anglais ? Les Russes ? La C.I.A. ?

J'avais beau me creuser les méninges, les documents ne me fournissaient aucune réponse. J'y renonçai, remis le tout dans la serviette, la refermai et m'étendis sur le grabat d'Esteban. La tête me tournait. Mon estomac se révulsait sous l'effet combiné de l'angoisse et du mauvais café. J'exécutai tout mon petit répertoire de yoga ; je me décontractai, respirai profondément et, d'une façon générale, m'efforçai d'éliminer les toxiques de ma peur bleue.

Esteban n'était pas encore de retour quand je me levai. Je glissai la serviette sous le lit et quittai la pièce. Dans une librairie proche de l'université, j'achetai un atlas de poche et étudiai un itinéraire qui me conduirait à la frontière française. Je m'arrêtai dans un café où je bus un verre de vin rouge, épais et amer. Je consultai de nouveau l'atlas et traçai les grandes lignes de mon voyage. Espagne, France, Italie, Yougoslavie et Turquie, soit quatre frontières à franchir, avec des risques accrus à chacune d'elles. Mais c'était faisable.

Esteban m'attendait. Il se rua sur moi et m'étreignit furieusement.

— Vous étiez parti ! s'écria-t-il d'un ton accusateur. Quand je suis revenu, vous étiez parti !

— J'étais sorti prendre l'air.

— Ah ! Comment peut-on respirer dans l'abominable puanteur du fascisme ? Les rues sont dangereuses. Vous n'auriez pas dû sortir. Je craignais qu'il vous soit arrivé malheur.

— Il ne m'est rien arrivé.

— Ah ! (Il fourragea dans sa barbe.) Vous n'êtes pas en sûreté ici. Aucun de nous n'est en sécurité ici... Il nous faut partir.

— Nous ?

— Tous les deux ! (Il écarta largement les bras comme pour souligner la grandeur de cette idée.) Nous irons en France ! Cet après-midi, nous filerons vers la frontière. Cette nuit, sous le manteau des ténèbres, nous nous glisserons comme des anguilles à travers les mailles de la frontière ! Qui pourrait jamais deviner notre présence ?

— Etes-vous déjà allé en France ?

— Jamais.

— Etes-vous allé jusqu'à la frontière ?

— Jamais.

— Connaissez-vous un passeur ?

— Pas un.

Emporté par son lyrisme, il fondit sur moi et m'étreignit encore. L'odeur qu'il dégageait était à peu de chose près celle de Mustafa.

Je m'accroupis près du lit pour y prendre ma serviette. Une seule envie me tenaillait : échapper à ce dément. Le porte-documents n'était plus à sa place.

— Esteban...

— C'est ça que vous cherchez ?

Il me tendit la serviette ; je l'ouvris et en vérifiai le contenu qui me parut intact.

— Vous voyez, dit-il avec solennité. Ce serait très dangereux pour nous d'être séparés. Chaque jour, à quatre heures, la Garde civile opère une descente chez moi afin de s'assurer de ma présence. Je suis un élément subversif.

— Je n'en doute pas.

— Mais ils ne me considèrent pas comme dangereux. Vous comprenez ? Leurs vérifications consistent à s'assurer des rapports que j'ai pu avoir avec certaines personnes, de la correspondance que j'ai reçue, et d'autres détails du même ordre. Je leur dis toujours tout. C'est la seule façon d'agir avec ces porcs de fascistes. Il faut tout leur dire. Tout. Comme ça, ils ne me jugent pas dangereux.

Si la Garde civile considérait ce répugnant énergumène comme inoffensif, c'est qu'elle le connaissait beaucoup moins bien que moi.

— Donc, s'ils viennent aujourd'hui, il faudra que je leur parle de vous, que je mentionne les noms de vos trois passeports, les papiers avec les lettres et les numéros qui sont inscrits dessus...

— Non !

— Mais si ! Je ne pourrais pas faire autrement. Alors, vous voyez bien que nous devons partir pour la France ensemble. Si nous sommes séparés, la police saura tout de vous. Vous ne serez en sûreté que si nous restons ensemble. Nous traverserons la frontière à la faveur de l'obscurité. Nous gagnerons la France et je deviendrai célèbre !

J'étais plus grand et plus lourd qu'Esteban. J'envisageai de l'assommer et de m'enfuir, mais je ne m'étais que trop livré à ce genre d'exercice depuis quelque temps. Ça ne pouvait pas me réussir indéfiniment. Tôt ou tard, la chance du néophyte m'abandonnerait, et s'il y a la moindre parcelle de vérité dans le dicton éculé qui prétend qu'un fou est doté d'une force surhumaine, Esteban était tout à fait capable de me transformer en serpillière.

— Quand attendez-vous la visite de la Garde civile ?

— Dans quelques heures. Alors, vous voyez la chance que vous avez eue en venant me trouver ! Dans tout Madrid, c'est Esteban Robles que vous avez choisi... N'est-ce pas le doigt du destin ?

Dans tout Madrid, c'était Esteban Robles que j'avais choisi. Sur toute ma petite bande de conspirateurs, d'éléments subversifs, de comploteurs, de conjurés, j'avais opéré un tri pour retenir cet Iscariote de la police secrète ! Et j'en étais réduit à m'encombrer de ce fou furieux pour passer en France.

— Si vous tenez à vous rendre en France, pourquoi ne pas tout simplement y aller ?

— Je n'ai pas d'argent, mon frère...

— Et si je vous donnais de l'argent ?

— Je n'ai pas assez d'astuce. Je suis un artiste, un grand artiste, mais je manque d'astuce. Je ne sais rien de la façon dont on se faufile à travers les mailles du filet douanier. Mais avec vous pour me guider et soudoyer les personnes voulues...

— Je pourrais vous donner de l'argent.

— Mais nous avons *besoin* l'un de l'autre, mon ami !

A mon corps défendant, je devenais le frère siamois d'un dément.

— Alors, on partira ?

— Oui, acquiesçai-je.

— Tout de suite ?

— Tout de suite.

— Ah ! Vous êtes mon frère ! Vous êtes plus que mon frère ! Vous êtes...

Les mots lui manquèrent et, une fois de plus, je suffoquai sous son étreinte.

CHAPITRE X

Avant de partir pour où que ce soit, j'emmenai Esteban chez un coiffeur et le fis raser. Puis, mon anarchiste d'une main et la serviette de l'autre, je quittai Madrid.

Un train nous déposa à Saragosse ; de là un car nous conduisit à l'est de Lerida où un autre prit le relais pour nous amener à Sort, petit village situé à une trentaine de kilomètres de la frontière. Là, je réveillai Esteban et dus l'aider à descendre. Il alluma une cigarette, m'envoya une bouffée de fumée en pleine figure.

— Sommes-nous en France ?

— Non.

— Où alors ?

— Un patelin qui s'appelle Sort.

Le village comptait quatre cafés ; chacun d'eux fut honoré de notre visite pour une dégustation hâtive de cognac. Le troisième et le quatrième se révélèrent les pires, ce qui m'incita à y retourner.

Nous nous installâmes dans un coin crasseux au fond de la salle. Mon compagnon de voyage commença à évoquer d'une voix tonitruante les joies qui l'attendaient à Paris après avoir échappé à l'écœurante puanteur du fascisme. Je commandai à la serveuse une bouteille entière de cognac dont je remplis le verre d'Esteban dès qu'il l'avait asséché. Sa tête finit par dodeliner, ses paupières se fermèrent ; il se tassa sur sa chaise et s'éteignit doucement.

Je me levai et m'approchai du comptoir. Un homme fortement charpenté, aux yeux tristes et à la moustache tombante, vint s'accouder près de moi.

— Votre ami dit des choses qu'il vaut mieux taire en présence d'inconnus, murmura-t-il.

— Mon ami est malade, expliquai-je.

— Ah !

— Mon ami a une maladie de l'esprit et il doit subir un traitement. Il n'existe qu'un hôpital où on puisse le guérir.

— A Madrid ?

— A Paris.

— A Paris, répéta-t-il.

Je nous versai un verre de cognac à chacun. Il me remercia, m'assura que j'étais un hidalgo et qu'il était agréable de boire en compagnie d'un gentilhomme tel que moi.

— Le chemin est long jusqu'à Paris, laissa-t-il tomber d'une voix lente.

— Très long.

— Et il faut être muni des papiers voulus pour passer la frontière.

— Mon ami n'a aucun papier.

— Il aura des difficultés.

— C'est vrai, acquiesçai-je. Il aura de grandes difficultés.

Chacun de nous vida un autre verre. D'un geste, il m'invita à le suivre vers la table où Esteban dormait comme un bienheureux.

— Appelez-moi Manuel, dit-il. Quel est votre nom ?

— Enrique.

— C'est une joie de vous connaître, Enrique.
— Toute la joie est pour moi.
— Parmi mes relations, je connaîtrais peut-être des hommes qui pourraient vous aider, vous et votre malheureux ami.
— J'apprécierais vivement votre assistance.
— Voulez-vous m'attendre ici ?
— Oui.

Il se leva, s'approcha du comptoir et murmura quelques mots à l'adresse du cabaretier. Puis, il se fondit dans la nuit. Je commandai une tasse de café noir dans laquelle je versai quelques gouttes de cognac. Quand Esteban ouvrit les yeux, je lui fis ingurgiter encore un peu d'eau-de-vie. Il s'éteignit tout aussitôt.

Je bus mon café à petites gorgées. Manuel revint bientôt, accompagné de deux hommes. Ils s'accoudèrent au comptoir et se mirent à parler dans une langue que je ne comprends pas. Ça devait être du basque. Manuel abandonna ses compagnons et s'approcha de notre table.

— J'ai parlé à mes amis, dit-il. Ils pensent pouvoir vous aider.
— Puisse Dieu récompenser leur bonté !
— Il faudrait que ce soit cette nuit même.
— Nous sommes prêts.
— Lui aussi ? demanda-t-il avec un regard dubitatif à Esteban.
— Oui.
— Alors, venez avec moi.

J'éprouvai quelque difficulté à remettre Esteban sur pied. Hébété, il oscilla dangereusement et nous débita une belle envolée de jurons dramatiques à l'encontre du fascisme et de l'état déplorable dans lequel croupissaient les esthéticiens de Madrid.

Manuel l'empoigna par le bras, je le saisis de l'autre et notre trio s'enfonça dans la nuit, suivi des deux nouveaux venus.

Après avoir parcouru six ou sept cents mètres, Manuel nous fit pénétrer dans une sombre cabane et nous présenta à la ronde. Un petit bonhomme, aux longs favoris, s'appelait Pablo ; un autre, gras, chauve et en sueur, répondait au nom de Vicente. J'étais Enrique et Esteban était Esteban.

— On me dit que vous désirez vous rendre en France, marmonna Vicente.

— Oui, à Paris.

— Je coifferai Brigitte Bardot, expliqua Esteban.

— Mais passer la frontière n'est pas facile.

— C'est ce que j'ai entendu dire.

Pablo prononça quelques paroles en basque. Vicente lui répondit, puis il se tourna vers moi et utilisa de nouveau l'espagnol.

— Vous et votre ami avez une bonne raison pour vous rendre en France. Vous emmenez ce jeune homme à l'hôpital, n'est-ce pas ?

— C'est exact.

— Pour des buts aussi louables, on peut tourner la loi. Mais, mon ami, il faut que vous sachiez que nous vivons à une époque dangereuse... Beaucoup de gens essaient de faire passer des marchandises en contrebande.

Je ne répondis pas. Manuel marmonna quelques mots en basque.

— Alors... voyez-vous, reprit Vicente. Nous devons examiner ce que vous transportez pour nous assurer que nous n'avons pas affaire à des contrebandiers.

— Je vois.

— Nous aidons volontiers nos semblables, mais

seulement quand leurs motifs ne cachent rien de suspect.

Je posai la serviette noire sur la table branlante et l'ouvris. Pablo et Vicente s'en approchèrent tandis que Manuel restait à côté d'Esteban. Les hommes n'accordèrent qu'un vague regard aux divers papiers. Les vêtements n'attirèrent pas spécialement leur attention. Par contre, les articles que j'avais achetés à Saragosse les intriguèrent au plus haut point.

— Ah ! dit Vicente. Qu'est-ce que c'est que ça ?

— Divers produits pour esthéticiens.

Esteban se précipita sur moi.

— Pour mon salon. (Il m'étreignit.) Vous êtes un ami ! Mon frère ! Qu'avez-vous acheté pour moi ?

— Une petite provision de produits, Esteban.

— Mon frère !

Pablo fourrageait dans la serviette et triait les cosmétiques bon marché que j'avais choisis. Il y avait plusieurs peignes en plastique, une paire de ciseaux, des bigoudis. Ces modestes articles n'auraient certes pas figuré en bonne place parmi le coûteux matériel d'un institut de beauté. Il saisit une boîte métallique contenant de la poudre de riz ; il l'ouvrit, la renifla et me dévisagea, le sourcil interrogateur.

— De la poudre de riz, expliquai-je.

Vicente se mouilla le doigt, le posa sur la poudre et le porta de nouveau à sa bouche. Tout sourire dehors, il adressa quelques mots en basque à Manuel et à Pablo qui éclatèrent d'un rire joyeux.

— Vous pourriez peut-être laisser ça ici, dit Vicente.

— Impossible. Nous en avons besoin.

— Ah ! A Paris, vous trouverez de la poudre de

riz, et bien meilleure ! Les Français sont renommés pour leurs produits de beauté, d'après ce que j'ai entendu dire.

— C'est une poudre très spéciale.

— Je m'en aperçois.

— Elle nous est indispensable.

— A peine parfumée... grommela Vicente. Un peu sucrée et pourtant, son arrière-goût est amer... Curieuse poudre de riz !

— Mon ami obtient des résultats merveilleux avec ce produit.

Tous trois partirent d'un éclat de rire sonore. Esteban paraissait complètement abasourdi. Il ne comprenait pas l'importance que l'on pouvait attacher à une boîte de poudre de riz, ni pourquoi elle provoquait l'hilarité de ces hommes. Je le laissai dans l'ignorance.

Vicente replaça la boîte dans ma serviette que je m'empressai de refermer. Il m'entoura les épaules d'un bras lourd comme un jambon.

— Nous pouvons vous aider, dit-il. Je crois que vous avez raison d'emporter cette poudre de riz avec vous. Il serait difficile de trouver cette qualité à Paris, n'est-ce pas ?

— Très difficile.

— En effet. Généralement, il faut une houppette pour se servir de poudre de riz, n'est-ce pas ? Il faudrait plutôt une aiguille pour celle-ci, non ?

Je gardai le silence.

— Nous vous emmènerons à la frontière, Enrique. Mais il faut partir tout de suite.

— Parfait.

— Et je porterai votre petite valise.

Je le dévisageai.

— Au cas où vous seriez fouillé, señor. C'est préférable.

— Mais dans ma serviette…

— La poudre de riz, mon ami.

Un assaut de commentaires s'ensuivit. Finalement, il accepta de ne se charger de la poudre qu'au tout dernier moment, au passage de la frontière. Pablo demanda à revoir la boîte. J'ouvris la serviette et la lui montrai. Il nous quitta vivement en prétextant qu'il lui fallait aller chercher des provisions pour le voyage. Vicente sortit une bouteille de vin d'un placard, et nous trinquâmes au succès de notre entreprise.

Nous nous mîmes en route dès le retour de Pablo. Manuel nous fit ses adieux, puis il repartit en direction du café. Vicente me désigna une charrette chargée de paille et de foin, attelée à un âne, à moins que ce ne fût un vigoureux mulet. Il nous expliqua qu'au passage de la frontière, nous devrions nous dissimuler dans la carriole que Pablo et lui conduiraient.

— Il faut tout de même que nous en venions à la question argent, dit Vicente. Nous avons des frais, vous comprenez ? Nous devons remettre certaines sommes à différentes personnes… Je suis sûr que vous comprenez…

— Combien ?

Il cita un chiffre qui équivalait à un peu moins de cinquante dollars. J'eus l'impression que cette somme serait à peine suffisante pour soudoyer les douaniers. Je me mis à marchander pour ne pas laisser percer une trop grande satisfaction devant la modicité de ses exigences, et il baissa presque immédiatement son tarif d'un tiers. J'en conclus qu'il tenait essentiellement à nous escorter et qu'il ne voulait à aucun prix nous voir abandonner notre projet. Je lui remis l'argent.

Esteban grimpa le premier et j'allai m'étendre sur le foin à côté de lui. Pablo nous tendit deux couvertures pour nous protéger du froid. La nuit devenait plus fraîche sous le ciel constellé d'étoiles. Pablo et Vicente s'installèrent sur la petite banquette. Contre toute attente, l'animal embraya en direction de la frontière. Allongé sur le dos, immobile, je contemplai la voûte céleste, la main étroitement serrée sur la poignée de ma serviette.

Dans l'obscurité, Esteban se rapprocha de moi et chuchota :

— Où avez-vous acheté ces produits ? Le matériel destiné à mon institut de beauté ?

— Je vous expliquerai plus tard.

— Dites-le-moi maintenant.

Je jetai un coup d'œil à nos compagnons de voyage. Je me demandais s'ils pouvaient surprendre notre conversation et pesai les conséquences qui pouvaient en découler.

— Je les ai achetés à Saragosse, dis-je.

— Je vous en suis très reconnaissant.

— Il n'y a pas de quoi.

— Mais, si je peux me permettre de vous le faire remarquer, mon frère, je crois que vous avez été volé.

— Comment ça ?

— Les ciseaux sont de mauvaise qualité ; ils ne feront pas grand usage. Et les cosmétiques sont très ordinaires. A la rigueur, on peut les utiliser sur des vendeuses, mais pour l'épouse de Charles de Gaulle...

— Vous comptez la coiffer ?

— Et réaliser une fortune. Que signifient toutes ces histoires avec la poudre de riz ?

— Il est interdit d'importer de la poudre de riz en France.

— Ah ! oui ?

— Oui. Une taxe extrêmement élevée frappe ce produit afin de protéger les fabricants français.

— Mais pourquoi toute cette comédie pour une seule boîte ? J'ai entendu le gros dire qu'elle ne sentait rien et qu'elle avait un goût sucré.

— Dormez, Esteban.

— Il y a beaucoup de choses que je ne comprends pas.

— Vous voulez aller à Paris ?

— De tout mon cœur, ami.

— Alors dormez.

L'âne avançait d'un bon pas. L'âcre fumée du cigare de Vicente nous enveloppait, imprégnait le chargement. La route que nous suivions montait en pente douce ; elle serpentait, redevenait droite pendant un instant, contournait la montagne, puis elle s'élevait en lacets abrupts.

L'expédition me paraissait interminable. J'avais envie de descendre pour marcher un moment à côté de l'âne ou de m'installer près de Vicente et Pablo et bavarder un peu en espagnol. L'animal semblait trotter à neuf ou dix kilomètres à l'heure. Nous nous trouvions à une trentaine de kilomètres de la frontière, mais le chemin détourné que nous avions pris nous obligerait probablement à en parcourir le double. L'aube se lèverait au moment où nous approcherions de la frontière. Décidément, la perspective de rester étendu aussi longtemps sur le foin ne me souriait guère.

Mais la suite des événements devait me prouver que j'avais eu raison de me résigner à l'immobilité.

J'entendis Pablo s'adresser à son compagnon en espagnol.

— Je crois qu'on peut s'arrêter. Ils n'ont pas bougé depuis un moment.

La carriole ralentit, puis s'immobilisa. Je les entendis sauter à terre et faire le tour de la charrette.

— Ils dorment.

— Tu es sûr ?

Une main me toucha le pied, le souleva de quelques centimètres et le laissa retomber. Je demeurai inerte.

— Ils dorment, Vicente. C'est le moment de prendre la poudre ; plus tard, ce sera difficile.

— Mais il a dit qu'il me la donnerait pour passer la frontière.

— Il trouvera une excuse quelconque ; une ruse au dernier moment.

— Tu as raison. Peut-être...

— Non.

— Il ne me faudrait pas plus d'une seconde pour les égorger tous les deux. Un petit trait rouge sur le cou et nous en serions débarrassés. Après...

Je me raidis. Je l'imaginai, penché sur moi, le couteau à la main. Une ruade, pensai-je. C'est ça. Donner un grand coup de pied, sauter à bas de la carriole et j'aurais peut-être une chance de m'en tirer. Je pourrais...

— Et quand leurs amis viendront ? Tu ne crois tout de même pas que des individus pareils transportent une marchandise aussi précieuse pour leur compte ? Ils ont de vieux vêtements, des chaussures éculées. La poudre vaut une fortune.

— Ce sont des commissionnaires alors ?

— Des commissionnaires, oui. Et s'ils n'arrivent pas à bon port, on aura des ennuis. Leurs amis les rechercheront. Tandis que s'ils sont au rendez-vous sans la poudre, les ennuis seront pour eux.

— Je ne sais pas, Pablo...

« Cause, Pablo. Continue à parler », pensai-je.

— Raison de plus pour échanger les boîtes tout de suite, reprit ce cher Pablo. Plus tard, on lui demandera de nous donner la poudre pour passer la frontière. Cet Enrique ne manquera pas de protester et on fera semblant de céder. Après, quand il s'apercevra que la poudre a disparu, il croira que d'autres l'auront prise, pas nous.

— Où est-elle ?

— Dans sa mallette.

— Ah !

Des mains se refermèrent sur la serviette, l'attirèrent doucement hors de mes doigts inertes. J'entendis le déclic de la serrure. Quelques secondes plus tard, la serviette avait retrouvé sa place à côté de moi.

Je laissai s'écouler une demi-heure, puis je fis semblant de m'éveiller avec force bâillements, grognements et étirements, et je sautai à terre. Je me mis à marcher à côté de l'âne en me demandant si Vicente aurait vraiment eu le courage de me tracer un trait rouge sur le cou.

— Quand nous passerons la frontière d'Andorre, vous me donnerez la poudre, dit Pablo.

— Pourquoi ?

— C'est indispensable.

— Cachés sous la paille, nous serons en sûreté, non ?

— Espérons-le.

— Alors, la poudre aussi sera en sûreté, non ?

Son explication fut assez nébuleuse, et volontairement peu convaincante : si nous étions découverts, il pourrait soudoyer les douaniers pour qu'ils ferment les yeux sur notre présence. Mais s'ils trouvaient la poudre, tout le monde aurait des ennuis. Il valait mieux la lui confier. Il m'assura qu'elle ne courrait aucun risque entre ses mains.

— Sommes-nous près de la frontière ?

— Nous approchons. Nous y serons dans une heure ou deux.

Je remontai dans la carriole. A proximité de la frontière andorrane, Pablo arrêta de nouveau la charrette.

— S'ils vous fouillent et qu'ils découvrent la poudre, vous aurez de gros ennuis, expliqua-t-il avec véhémence. Tandis que, s'ils la trouvent sur nous, vous pourrez toujours dire que vous n'étiez pas au courant... comme ça, vous ne courrez aucun risque.

Il se laissa aisément persuader du contraire et n'insista pas. Les deux compères nous recouvrirent de foin odorant et la carriole repartit.

Nous franchîmes la frontière sans encombre. Pablo et Vicente étaient manifestement d'honorables contrebandiers qui entretenaient d'excellentes relations avec les douaniers. La charrette poursuivit sa route à travers la mini-république d'Andorre et passa sans histoire la douane française. J'en conçus un certain regret. J'étais l'un des très rares Américains à voyager en Andorre et, sous mon tas de foin, je n'en vis strictement rien. A quoi bon voyager si on ne peut pas admirer les curiosités des pays qu'on traverse ? Autant rester chez soi et regarder la télévision !

J'étais un peu inquiet sur la façon dont je pourrais me débarrasser du tandem Pablo-Vicente ; mais les deux hommes étaient encore plus pressés de nous quitter que je ne l'étais de les voir disparaître. Après avoir cérémonieusement vidé une bouteille de vin ensemble, ils partirent de leur côté et nous du nôtre. Je poussai Esteban dans le premier café que nous rencontrâmes et commandai deux petits déjeuners. J'ouvris ma serviette et en tirai la fameuse boîte de poudre.

— Je ne comprends pas, murmura Esteban.

— J'ai fait quelques emplettes à Saragosse, expliquai-je. J'ai acheté une boîte de poudre de riz ; je l'ai vidée et j'ai mis à la place du sucre vanillé et de l'aspirine écrasée ; avec un peu d'imagination, mon mélange devait avoir le goût de l'héroïne. En tout cas, ça a marché. Voyez-vous, ils n'auraient certainement pas accepté de nous faire passer clandestinement la frontière par pure bonté d'âme. Il fallait qu'ils en tirent un bénéfice substantiel et une boîte d'héroïne représentait un profit considérable.

Il hochait la tête comme un âne qui n'arrive pas à braire.

— Vous vous rappelez qu'à Sort, Pablo a quitté la cabane pour aller chercher des provisions ? En réalité, c'était pour acheter une boîte de poudre de riz. Et pendant que vous dormiez, il a échangé les boîtes. Ainsi, nous avions de la poudre de riz au départ, et nous nous retrouvons avec de la poudre de riz à l'arrivée. (Je tendis la boîte à Esteban.) Pour vous, dis-je. Pour votre salon de Paris.

— Alors, on n'a jamais eu d'héroïne ?
— Bien sûr que non.
— Oh ! Et maintenant, ils n'ont toujours pas d'héroïne, hein ?
— Ils ont à peu près la valeur de cinq pesetas de sucre vanillé et vingt pesetas d'aspirine écrasée.
— Ah !
— Et s'ils veulent s'en servir, ils vont être très déçus !

CHAPITRE XI

Il était pratiquement impossible d'expliquer à Esteban que nous n'allions pas à Paris ensemble. Il soutenait que des frères tels que nous ne pouvaient être séparés et il finit par sangloter en s'arrachant les cheveux. Je n'avais aucune intention d'aller à Paris. Je voulais contacter quelqu'un à Grenoble, près de la frontière italienne. Quand je tentai de pousser Esteban dans un train à destination de Paris, il ne voulut rien savoir. Il hurlait à qui voulait l'entendre que, sans moi, il serait perdu. Un attroupement commençait à se former.

Pour couper court à ses beuglements, je montai avec lui dans une voiture pour Paris. Cela se passait à Foix. Arrivés à Toulouse, je quittai le wagon sous un quelconque prétexte et faussai compagnie à mon frère siamois pour sauter dans un train en partance pour Nîmes. Puis une série de cars m'amena sans encombre à Grenoble.

M. Gérard Monet devait déjà avoir reçu le message sibyllin que je lui avais adressé d'Irlande. Je me présentai à son domicile. Sa femme m'apprit qu'il se trouvait dans sa boutique de vins et liqueurs — il n'était pas tout à fait midi — et elle m'expliqua comment m'y rendre. Je gagnai le magasin à pied et annonçai à son propriétaire que j'étais Pierre, son correspondant d'Irlande. Il mit vivement un doigt sur ses lèvres et se précipita vers la porte pour la fermer. Je le vis donner un tour de clé et pousser le verrou. Puis, il abaissa le store et d'un signe m'invita à le suivre derrière le comptoir. C'était un petit homme gris dans une boutique grise. Ses longs cheveux semblaient ignorer l'existence du peigne. Ses yeux bleus brillaient intensément.

— Vous êtes venu ! murmura-t-il. Dites-moi seulement ce que je dois faire. C'est tout.

— Je m'appelle…

Il m'interrompit d'un geste de sa main aux veines noueuses et bleuâtres.

— Non ! Ne me le dites pas. Un homme ne peut répéter que ce qu'il sait et je ne veux rien savoir. Mon père appartenait au mouvement. Mon arrière-grand-père est tombé à Waterloo. Le saviez-vous ?

— Non.

— Toute ma vie, j'ai appartenu au mouvement. J'ai observé ; j'ai écouté. Nos aspirations se réaliseront-elles ? Verrai-je notre triomphe ou viendra-t-il trop tard ? Je serai franc avec vous ; je doute que nous parvenions à nos fins. Mais comment savoir ? On affirme que l'Empire est à jamais révolu. La gloire de la France, n'est-ce pas ? Cependant, j'exécute ce qu'on attend de moi. Quelle que soit la mission que l'on confie à Gérard Monet, il la mène à bien dans toute la mesure de ses moyens. Mais ne me dites rien sur vous-même et sur vos entreprises. Quand je bois, je parle. Quand je parle, j'en dis trop. Ce que j'ignore, je ne peux le répéter à personne, ivre ou à jeun. Vous comprenez ?

— Oui.

— Que désirez-vous ?

— Entrer en Italie.
— Vous avez des papiers ?
— Peut-être.
— Pardon ?
— Je ne suis pas sûr que mon passeport soit en règle. Je préférerais franchir la frontière clandestinement, si vous pouvez m'aider.
— Rien de plus facile.

Il décrocha le téléphone et forma un numéro. Il parla rapidement, à voix basse, puis il se tourna vers moi.

— Pouvez-vous partir dans une heure ?
— Oui.
— Dans une heure, mon neveu viendra vous chercher et il vous conduira à la frontière. Il existe des endroits où l'on peut passer. En attendant, allons manger un morceau.

Il me régala d'une baguette de pain croustillant, de fromage et d'un excellent vin. Puis, Monet, remplit nos verres de cognac. Il leva le sien et je l'imitai pour porter un toast à la mémoire de l'impérissable Napoléon Bonaparte et former des vœux pour la prompte restauration de l'Empire. Je dégustai mon verre d'alcool à petites gorgées, mais mon hôte remplit le sien à trois reprises avant l'arrivée de mon convoyeur.

Le neveu en question était un homme de mon âge, brun, beau garçon, mais maussade et peu communicatif. Il conduisait une Citroën. La voiture était silencieuse, la suspension exceptionnellement douce, le paysage magnifique sous le chaud soleil. Mon compagnon ne me demanda pas mon nom ni le but de mon voyage en Italie. Il semblait s'en désintéresser totalement.

— Le vieux est fou, bougonna-t-il en cours de route.

Je ne répondis pas.

— Il se prend pour Napoléon.

— Non ?

— Si. Fou à lier, répéta-t-il.

Ce furent les seules paroles qu'il proféra tout au long du trajet. Enfin, il arrêta sa voiture sur le bas-côté de la route étroite qui serpentait dans un paysage tourmenté. Il me montra un grand pré et m'expliqua qu'en continuant dans cette direction j'arriverais à la frontière. Il me demanda ensuite si j'avais un outil quelconque pour couper des fils de fer barbelés. Je lui répondis que non. Il grommela, fourragea dans le coffre de la Citroën et me tendit une paire de pinces coupantes.

— Je suppose que vous ne pourrez pas me les rendre, bougonna-t-il. Elles ne sont pas bon marché, vous savez. Chaque fois que ce vieux fou m'appelle, ça me coûte de l'argent. Il doit croire que je le fabrique !

Je lui offris de payer les pinces. Il m'assura qu'elles valaient vingt-cinq francs. Elles n'en valaient sûrement pas la moitié, mais je lui remis la somme et il me quitta sans un mot.

Je partis, à travers champs, et après avoir franchi environ quinze cents mètres, je me heurtai au réseau de fils de fer barbelés haut de deux mètres qui, en cet endroit, sépare la France de l'Italie. Je jetai un regard autour de moi sans voir âme qui vive. Je cisaillai les barbelés à ras du sol et me glissai dans l'ouverture. L'opération me parut d'une simplicité déconcertante. Je fis quelques pas sur la terre italienne, puis lançai les pinces en France. Je m'attendais à des coups de sifflet, des mugissements de sirènes ou des sifflements de balles. Mais comme rien ne se produisait, je me retournai et partis d'un bon pas.

Un fermier m'offrit de monter dans sa camionnette ; il me déposa à Turin où je pris le train pour Milan. Je ne connaissais personne dans le nord de l'Italie, et pour me rendre à Udine, près de la frontière yougoslave, le mieux était d'acheter une voiture. Une Fiat d'occasion réduirait la distance et m'offrirait une plus grande sécurité. Je voulais rouler toute une nuit s'il le fallait sans craindre de m'endormir au volant et j'attirerais moins l'attention que dans un train.

Je trouvai un parc de voitures d'occasion dans le faubourg nord de Milan et j'examinai plusieurs véhicules. Le moins cher coûtait cent soixante-quinze mille lires que je pouvais régler en francs suisses. Je présentai mon passeport helvétique comme pièce d'identité et le marchand emporta le document dans son bureau.

L'absence de l'homme parut s'éterniser. Je m'approchai de la pièce où il avait disparu et je l'aperçus, penché sur sa table, en train de téléphoner. Il avait des gestes furtifs. Je collai l'oreille à la porte et surpris quelques mots :

— ... passeport suisse... Henri Boehm... Celui que vous recherchez... le fugitif.

Je n'en entendis pas davantage. Je tournai les talons et pris mes jambes à mon cou.

Dans le centre de Milan, je ramassai un exemplaire de l'édition parisienne du *New York Herald Tribune* qui m'apprit les raisons de ce branle-bas. On avait établi un rapport entre ma personne et le grand type à lunettes abattu à Dublin. Le journal était avare de détails, mais il expliquait que le fugitif, Evan Michael Tanner, s'était emparé d'importants documents secrets en Irlande. On supposait qu'il projetait de traverser l'Europe continentale. On savait que j'avais quitté Dublin sous un faux passeport américain et que j'avais changé de l'argent à Madrid en utilisant un passeport britannique.

Ces passeports ne pouvaient plus me servir. Ils constituaient même un danger pour celui sur qui on les trouverait. Je les déchirai dans une ruelle obscure et jetai les morceaux dans une bouche d'égout. L'article du journal décrivait la serviette noire que je transportais. Il fallait donc que je m'en débarrasse également. Comme je ne savais pas où la jeter, je la vendis à un brocanteur qui m'en donna le prix de trois paquets de cigarettes.

Je glissai sous ma chemise le paquet de papiers que j'avais prélevé dans la serviette avant de m'en séparer et pris le chemin de la gare.

Je montai dans le train de Venise, réglai le montant de mon billet au contrôleur et me plongeai dans la lecture des autres articles du *Herald Tribune*. Le ciel s'assombrissait quand mon wagon s'immobilisa en gare de Venise. J'en fus heureux. Je me sentais moins vulnérable dans l'obscurité.

Un autocar me conduisit à Udine. Je me rappelais les noms de plusieurs exilés croates habitant dans cette ville, mais je n'étais pas sûr qu'ils me recevraient à bras ouverts. Et en admettant qu'ils veuillent bien m'aider à pénétrer clandestinement en

Yougoslavie, dans quels maquis de conspirateurs balkaniques allais-je être entraîné ? Mais, de toute façon, je me trouverais de l'autre côté du Rideau de fer, où un comploteur sur trois est en même temps un agent de la police secrète.

Agréable perspective.

Ljudevit Starcevic possédait une petite ferme aux environs d'Udine. Il y cultivait des légumes, soignait une petite vigne et élevait un troupeau de chèvres. Lorsqu'un Etat indépendant vit le jour, à la suite du démembrement de l'empire austro-hongrois après la Première Guerre mondiale, Starcevic milita dans les rangs du parti paysan croate de Stefan Radic. En 1925, Radic abandonna la thèse séparatiste pour se rallier à la confédération. Starcevic s'y refusa et, avec quelques autres extrémistes croates, combattit le régime unifié. Certains trouvèrent la mort dans cette lutte. Starcevic, qui était très jeune à l'époque, fut emprisonné, s'évada et finit par se retrouver en Italie.

Il m'expliqua qu'il vivait seul ; sa femme était morte et ses enfants, mariés à des Italiens, l'avaient quitté. Il n'avait que ses chèvres pour lui tenir compagnie et ne voyait pratiquement personne.

Il m'offrit un plat de viande et de riz. Je m'assis en face de lui et vidai de nombreux verres d'eau-de-vie de prune en évoquant l'avenir de la Croatie.

— Vous venez de notre mère patrie ?

— Non, avouai-je.

— Vous vous y rendez ?

— Oui.

— Il faudra vous méfier des Serbes. Ce sont des traîtres.

— Je comprends.

— Comment irez-vous ?

Je lui expliquai que je comptais franchir clandestinement la frontière. Il voulut savoir si je me rendais là-bas pour y fomenter une révolution.

— Non, dis-je. Telle n'est pas mon intention.

— Ah ! fit-il en détournant les yeux.

— Pas cette fois.

— Mais bientôt ?

— Peut-être.

Son visage, tanné comme du cuir, se plissa sous un sourire éclatant.

— Bon. Maintenant, dites-moi ce que vous comptez faire durant ce voyage, Vanec ?

— Il faut que je rencontre certains hommes, que je mette au point divers plans...

— Ah !

— Mais d'abord, je dois passer la frontière.

Il rumina un instant cette vérité première.

— Je vous conduirai.

— Merci.

— Mais pas cette nuit ; pas avant plusieurs jours. Nous sommes samedi, n'est-ce pas ?

— Oui.

— Donc, demain, nous serons dimanche. Ça n'ira pas. Puis, il y aura lundi et mardi... Mardi soir, ça ira.

— Vraiment ?

— Oui. La nuit de mardi est la meilleure pour passer la frontière. A quelques kilomètres d'ici, il y a une zone qui n'est gardée que par trois policiers. Toujours trois qui font continuellement les cent pas... Vous comprenez ? On n'a pas le droit d'entrer en Yougoslavie par le poste douanier. Ailleurs, il y a des gardes, mais, dans ce secteur, il n'y en a que trois. (Il ralluma sa pipe.) Mardi, lança-t-il d'un air triomphant, il n'y aura que deux gardes !

— Pourquoi ?

— C'est toujours comme ça. Qui peut savoir pourquoi ? Chaque fois que je passe la frontière, je choisis le mardi, Vanec...

— Et le mardi...

— Le mardi, il y a deux hommes pour faire le travail de trois. Ils ne peuvent pas surveiller toute la zone. Croyez-moi, ce n'est pas d'entrer en Croatie qui est difficile... c'est ce qui vous attend là-bas qui m'inquiète. Méfiez-vous des Serbes. Il vaut mieux faire confiance à un serpent qu'à un Serbe. Vous me suivez ?

Je ne suivais pas très bien, mais j'acquiesçai d'un air entendu.

— Ce soir, nous sommes samedi, reprit Ljudevit Starcevic. Nous partirons mardi. Jouez-vous aux dominos ?

— Pardon ? Euh... oui.

— Alors, nous jouerons aux dominos. Et vous vous reposerez pour être frais et dispos quand vous rejoindrez notre mère patrie.

Samedi, dimanche, lundi, mardi... Alors que j'aurais déjà dû être en route pour la Turquie, patrie du pilaf, j'allais être bloqué dans une ferme du nord de l'Italie sans rien à faire que manger, boire, me reposer, lire et jouer aux dominos.

Quel merveilleux programme !

CHAPITRE XII

Des nuages coururent dans le ciel tout au long de l'après-midi de mardi. La nuit était d'un noir d'encre, sans lune, sans étoiles. Vers huit heures, je suivis le vieux Starcevic par d'étroits sentiers de montagne en direction de la frontière. Il m'avait donné une sacoche de cuir contenant une miche de pain, du fromage, une bouteille d'eau-de-vie de prune et les mystérieux documents dont j'avais hérité en Irlande et dont je n'osais plus me séparer.

Tout près de la frontière, Starcevic m'attira à l'abri d'un buisson.

— Maintenant, nous devons être très prudents, et ne pas faire le moindre bruit, chuchota-t-il. Le garde-frontière ne va pas tarder à passer devant nous. Vous voyez cet arbre ? En y grimpant, vous pouvez vous laisser retomber de l'autre côté des fils de fer barbelés. J'ai utilisé ce moyen bien souvent et je suis un vieil homme ; pour vous, ce sera donc très facile. Après le passage du policier, nous laisserons s'écouler cinq minutes, pas plus ; puis vous monterez sur cet arbre et vous sauterez de l'autre côté. Mais vous ne serez pas en Croatie, vous savez… C'est la Slovénie.

— Je sais.

— Il vaut mieux faire confiance à un serpent qu'à un Slovène. Pas un mot à ces fourbes. C'est seulement en Croatie que vous rencontrerez des amis.

— Oui, bien sûr.

Après quelques instants d'attente, je vis passer la sentinelle. Avec sa taille, il aurait pu se faire engager tout de suite dans une équipe professionnelle de basket-ball. Chaussé de hautes bottes lacées, il portait un uniforme à la coupe sévère et un fusil à la bretelle.

Cinq longues minutes s'écoulèrent. Puis Starcevic me toucha l'épaule et me désigna l'arbre. J'y courus ; je lançai ma sacoche de cuir par-dessus les barbelés et me mis à grimper, abandonnant sans trop de regrets la terre italienne. J'empoignai la grosse branche que m'avait indiquée mon Croate et m'y installai à califourchon. Puis, centimètre par centimètre, je me mis à progresser vers son extrémité yougoslave. Elle oscillait de plus en plus sous mon poids, mais elle tint bon. Je devais faire une cible merveilleuse. J'imaginais le canon d'un fusil braqué sur moi. Je m'attendais à entendre une détonation trouer la nuit. Mais rien ne se produisit. J'agrippai la branche à deux mains, laissai mes jambes se balancer un instant, puis je lâchai prise et repris contact avec la terre ferme, deux ou trois mètres plus bas. Je repérai la sacoche, la récupérai et me mis en route.

C'était donc ça, le Rideau de fer : un réseau de barbelés qu'on pouvait franchir simplement en grimpant à un arbre. Un obstacle dangereux pour James Bond et ses émules, mais un jeu d'enfant pour le célèbre révolutionnaire croate, Evan Tanner.

Je me sentais en pleine forme. Les trois jours et trois nuits passés dans la ferme de Starcevic m'avaient complètement requinqué. La possibilité de manger, de boire et de me reposer en toute sécurité, sans être obligé de regarder constamment par-dessus mon épaule, constituait un luxe dont les récents événements m'avaient frustré.

« Yougoslavie, à nous deux ! » dis-je en foulant cette noble terre de discorde. Chaque province de ce pays entretenait des rêves d'indépendance et, dans chacune d'elles vivaient des hommes que je connaissais, auxquels j'avais adressé des messages sibyllins. Il m'était aisé de tracer un itinéraire qui me conduirait en toute sécurité aux portes de la Bulgarie et de la Turquie.

J'étais entré en Slovénie. Je me dirigerais vers le sud-est en traversant la Croatie, la Slavonie pour atteindre Vukovar, sur le Danube — où j'étais attendu — puis je piquerais vers le sud à travers la Serbie et m'arrêterais dans l'une des nombreuses villes de Macédoine qui jalonnaient ma route avant d'obliquer vers l'est en direction de la frontière bulgare. En tout, quelque huit cents kilomètres. Cela me prendrait peut-être pas mal de temps, mais j'étais sûr de trouver asile tout au long de ma route.

Le mercredi à l'aube, j'arrivai à Ljubljana, ville slovène, où un instituteur serbe en exil m'accueillit à bras ouverts. Il me prépara un petit déjeuner et m'accompagna chez l'un de ses amis qui me fit monter à l'arrière du camion qu'il conduisait à Zagreb. Le trajet se révéla assez inconfortable, mais rapide. Dans cette ville, Sandor Kofalic m'offrit de l'agneau rôti et m'enferma dans sa cave avec une bouteille de vin doux pendant qu'il allait chercher un séparatiste croate qui occupait un poste mineur dans le parti communiste local. Je ne sus jamais le nom de cet homme. Il n'éprouva pas le besoin de me le confier et j'eus le bon goût de ne pas le lui demander. Il me procura un laissez-passer qui m'autorisait à voyager par chemin de fer, mais pas au-delà de Belgrade.

A Belgrade, je dînai en compagnie de Janos Papilov ; il m'expliqua qu'il n'avait pas de voiture, mais qu'il essaierait d'en emprunter une à l'un de ses amis. Je l'attendis à son domicile et jouai aux cartes avec sa femme et son beau-père pendant qu'il essayait de se procurer un moyen de transport. Il revint tard dans la nuit au volant d'une voiture et il m'emmena aussitôt. Deux heures plus tard, j'avais progressé de cent kilomètres et débarquai à Kragujevac. Mon hôte s'excusa de ne pouvoir m'accompagner plus loin. Comme tous les autres Yougoslaves avec lesquels j'étais entré en rapport, il ne me demanda ni ma destination ni les raisons de mon voyage. Tous me considéraient simplement comme un camarade en difficulté. Ils supposaient que je me rendais quelque part pour y accomplir une mission importante, et ils ne cherchaient pas à en savoir plus.

Je passai la nuit à Kragujevac chez une veuve âgée qui avait un fils en Amérique. Le lendemain matin, je quittai la maison à l'aube et me dirigeai vers le sud. Un fermier m'offrit une place dans sa camionnette et il me déposa dans la petite ville de kraljevo. De là, j'empruntai la filière d'un réseau de relais admirablement organisé, qui me conduisit pas à pas jusqu'à Djakovica. Successivement, neuf conspirateurs conjuguèrent leurs efforts pour m'aider à franchir une distance d'environ cent quatre-vingts kilomètres. Chacun d'eux m'escorta sur vingt ou trente kilomètres que nous couvrions à cheval ; parvenu à l'étape, il me remettait entre les mains d'un camarade et retournait chez lui.

Je me trouvai à Tetovo, en Macédoine, à la tombée de la nuit. Mon impression de sécurité s'accrut encore. Toute la province fourmillait de révolutionnaires et de conjurés. Le parti séparatiste macédonien n'a jamais désarmé. Des membres de cette organisation se rencontrent dans la moindre bourgade macédonienne. A l'heure actuelle, ce mouvement figure sur la liste établie par le procureur général du Gouvernement des Etats-Unis, relative aux organisations subversives de tous les pays.

Et, bien entendu, je compte parmi les membres de ce parti.

A Tetovo, j'entrai dans un café pour boire un verre de vin résineux. Petit à petit, j'avais changé de vêtements au cours de mon pèlerinage en Yougoslavie et j'étais vêtu à présent comme la plupart des hommes qui se pressaient dans la salle. Personne ne s'intéressa spécialement à moi. Je vidai mon verre, demandai des indications pour me rendre à l'adresse que je possédais, puis je partis à la recherche de la maison de Todor Prolov. En fait de maison, il s'agissait d'une cabane, au fond d'une venelle assez sordide prenant dans la grand-rue.

Je frappai à la porte.

Une grande jeune fille, à l'opulente poitrine, vint

m'ouvrir. Ses cheveux blonds évoquaient un écheveau de soie. Elle tenait un os de poulet à la main.

— C'est bien ici qu'habite Todor Prolov ?

Elle acquiesça d'un brusque mouvement de tête.

— Je lui ai écrit. Je m'appelle Ferenc.

Ses yeux, déjà immenses, s'élargirent encore. Elle me saisit par le bras, m'attira à l'intérieur.

— Todor ! cria-t-elle. Il est ici ! Celui qui t'a écrit ! Ferenc, l'Américain !

De nombreuses personnes surgirent soudain de nulle part et s'agglutinèrent autour de moi. Todor Prolov jaillit du centre du groupe et me fit face. C'était un homme petit et trapu, au visage asymétrique couronné d'une touffe de cheveux bruns rebelles. Ses deux mains tendues m'agrippèrent les avant-bras.

— Vous m'avez écrit une lettre ? hurla-t-il.

— Oui.

— Signée Ferenc ?

— Oui.

— Mais vous êtes Tanner ! Evan Tanner !

— Oui.

— Et vous venez d'Amérique ?

— Oui.

Un murmure de surexcitation monta dans la pièce. Todor me lâcha les bras ; il recula, me dévisagea, puis il se rapprocha.

— Nous vous attendions, dit-il. Depuis l'arrivée de votre lettre, toute la ville de Tetovo est bouleversée ! Nous brûlons d'impatience !

Ses doigts se refermèrent sur mes biceps.

— Et maintenant, la grande question ! rugit-il. Etes-vous avec nous ?

— Bien sûr, dis-je, assez intrigué.

— Avec le P.S.M. ?

— Evidemment.

Il s'avança et m'étreignit avec la douceur d'un ours. Il me souleva de terre, me coupa le souffle. Après cette démonstration, il me lâcha, pivota sur ses talons et hurla :

— L'Amérique est avec nous ! Vous l'avez entendu, hein ? L'Amérique va nous aider ! L'Amérique soutient notre action ! La Macédoine aux Macédoniens ! L'Amérique nous soutiendra pour écraser la tyrannie de la dictature de Belgrade ! L'Amérique appuie notre cause ! L'Amérique approuve notre résistance à l'oppression ! L'Amérique est avec nous !

Je jetai un coup d'œil par-dessus mon épaule et vis soudain la venelle s'emplir de Macédoniens. Des hommes armés de fusils, des femmes brandissant des briques et des fourches accouraient en hurlant.

— L'heure est venue ! hurla Todor. Dressez les barricades ! Marchons ! Réduisons en cendres les maisons des tyrans ! Débarrassons-nous des oppresseurs ! Détruisons-les ! Pas de quartier ! Levez-vous et mourez pour la Macédoine !

Un enfant se précipita vers moi, une bouteille à la main. Un chiffon sortait du goulot. Le chiffon sentait l'essence.

Je me tournai vers la jeune fille qui m'avait ouvert la porte.

— Qu'est-ce qui se passe ?

— Mais vous le savez bien ! Vous en faites partie.

— Partie de quoi ?

Elle m'étreignit joyeusement.

— Partie de notre triomphe ! s'écria-t-elle. De notre plus belle heure de gloire ! De notre...

— De quoi ?

— De notre révolution !

CHAPITRE XIII

La rue était prise de folie. Les détonations se succédaient à un rythme si rapide qu'elles ne donnaient plus l'impression d'une fusillade. L'excès même de la démonstration la rendait irréelle et évoquait plutôt un joyeux feu d'artifice. Au nord de la ville, des maisons flambaient déjà. Une voiture de police apparut à l'extrémité de la rue. Près de moi, des hommes mirent un genou en terre pour tirer sur ses occupants. Une balle fit éclater un pneu. Le chauffeur perdit le contrôle du véhicule qui quitta la chaussée et alla s'écraser contre une vitrine. Les policiers jaillirent des tôles froissées, l'arme à la main ; les patriotes macédoniens eurent tôt fait de les abattre.

La jolie blonde se tenait à côté de moi.

— Ils sont fous, dis-je. Ils vont tous se faire tuer !

— Ils ne peuvent pas tenir tête à une armée !

— Mais l'Amérique va nous aider ! Vous avez dit à Todor...

— Je lui ai dit que j'épousais sa cause. C'est tout.

— Mais vous appartenez bien à la C.I.A., non ?

— La C.I.A. me recherche, au contraire.

— Alors, qui aidera notre peuple ?

— Je ne sais pas.

Des sirènes ululaient dans le faubourg Nord.

Toute la ville grondait, était en proie à la fièvre du soulèvement. La jeune fille était toujours à mes côtés, mais je n'écoutais plus les paroles qu'elle débitait.

Une révolution...

Une camionnette de police s'était arrêtée contre la barricade qui obstruait la rue. Trois miliciens se mirent en position et commencèrent à tirer sur nous. Deux étaient armés de fusils, le troisième d'une mitraillette. Je ramassai une brique et la lançai dans leur direction ; sa trajectoire se révéla beaucoup trop courte.

Le tir des miliciens se faisait plus précis ; je me ruai vers la barricade. Un gamin courait à mes côtés, revolver en main. De nouvelles détonations éclatèrent. Le gosse tomba, blessé à la cuisse ; il gémit. J'empoignai son arme et repris ma course.

La mitraillette décrivit un arc de cercle et se braqua sur moi. Sans même viser, j'appuyai sur la détente. Je vis le policier s'effondrer, le cou percé d'un énorme trou. Un de ses collègues tira sur moi. Le projectile effleura ma veste. Je fonçai et l'abattis d'une balle en pleine poitrine. Le troisième leva le canon de son fusil sur moi et, à bout portant, appuya sur la détente. L'arme s'enraya. J'assommai le représentant de l'ordre et lui flanquai un coup de pied dans la tête. Il tendit la main pour s'emparer d'une autre arme, mais je prévins son geste. J'abaissai mon pistolet et lui logeai une balle dans la nuque.

Derrière moi, éclata une formidable ovation. Les révolutionnaires venaient d'incendier un bâtiment public dans le centre de la ville. Je saisis la mitraillette du premier milicien abattu par mes soins et me précipitai en tête de la foule. De chaque côté de la grand-rue, presque toutes les maisons brûlaient. Au centre de la ville, nos rangs se resserrèrent pour assiéger le poste de police où s'étaient barricadés quelques miliciens et soldats. A l'abri des fenêtres, ils tiraient sur nous et lançaient des grenades. Je vis la jeune fille qui m'avait accueilli chez Todor brandir une torche et la projeter contre la porte d'entrée. Les flammes montèrent, léchèrent la façade. Un groupe d'insurgés rivalisaient d'adresse pour jeter des cocktails Molotov à travers une fenêtre du premier étage. L'incendie se propagea rapidement. La foule recula hors de portée, laissant le feu accomplir son œuvre.

Les séides de la tyrannie furent abattus, les uns après les autres, quand ils sortirent : une trentaine, sans compter ceux qui n'atteignirent jamais la porte.

Dans le jardin public, Todor proclama la république libre et indépendante de Macédoine. Des formules telles que « droit des peuples à disposer d'eux-mêmes », et « rompre les chaînes de l'oppression serbe » revinrent souvent dans son discours. Ce fut, dans l'ensemble, une bonne proclamation ; pendant une fraction de seconde, je crus réellement que la révolution pouvait être couronnée de succès.

La république libre et indépendante de Macédoine, bien que non reconnue par les autres nations libres et indépendantes de la planète, dura en fait quatre heures, vingt-trois minutes et quelques secondes.

Ces quatre heures se révélèrent plus fertiles en événements que toutes celles que j'avais vécues jusqu'alors. Après que le poste de police fut tombé entre nos mains, il nous fallut procéder à des opérations de nettoyage dans toute la ville. Une délégation se rendit chez le maire, le réveilla, le sortit de son lit, puis le pendit à l'arbre qui ombrageait son perron. Il fallut aussi envahir le petit quartier serbe de la ville et en massacrer les habitants.

Des rapports nous arrivaient de toute la Macédoine, qui faisaient état d'innombrables soulèvements. Skopje, la capitale de la province, était en flammes. Kumanovo s'était rendu aux révolutionnaires, pratiquement sans un seul coup de feu.

Je suivis la blonde Annalya, la sœur de Todor, qui m'entraîna dans une course éperdue tout autour de la ville pour préparer la défense de Tetovo. S'il était vrai que les autres cités s'étaient soulevées, nous bénéficierions peut-être d'un peu plus de temps pour nous apprêter à soutenir l'assaut des troupes de Belgrade. Des barricades furent édifiées à chacune des entrées de la ville, ce qui nous permit de concentrer le gros de nos effectifs défensifs sur la route principale du nord, d'où allait certainement venir l'assaut initial. Si nous étions bien préparés, nous avions peut-être des chances de le repousser. Quant à la seconde phase des opérations, qui verrait entrer en action les tanks et les avions de chasse, je préférais ne pas y penser.

En fait, la première vague dut être une simple improvisation. Belgrade envoya quatre camions de fantassins et deux pièces d'artillerie mobile, ce qui était nettement insuffisant pour investir la ville. Déployés en bon ordre derrière nos barricades, nous étions relativement bien armés et animés par l'ardeur des grands jours historiques. Les troupes gouvernementales portèrent tous leurs efforts sur notre centre. Je conseillai aux hommes de nos deux ailes de les prendre à revers et de les encercler.

Cette tactique nous réussit. Les deux petits canons ne nous causèrent pas grand dommage. Quelques-uns de nos tireurs d'élite abattirent leurs servants dès les premières salves et les rares obus qui franchirent les barricades n'eurent guère d'effets. Des bouteilles d'essence enflammée incendièrent les camions avant même que tous les hommes en fussent descendus. Il y eut bien quelques pertes à déplorer dans notre camp — une quinzaine de morts et autant de blessés — mais nous avions réduit à néant les troupes gouvernementales.

Notre victoire dura une demi-heure ; après quoi, Belgrade envoya sur les lieux des effectifs cinq fois plus importants qui passèrent sur nous comme un rouleau compresseur.

CHAPITRE XIV

La frontière bulgare est à quelque cent vingt-cinq kilomètres de Tetovo ; je la franchis une heure avant l'aube dans le coffre fermé à clé d'un petit coupé gris, construit avec une certaine désinvolture par les usines tchécoslovaques en 1959. Le siège avant était occupé par deux membres du P.S.M., appartenant à la section de Skopje. Je voyageai recroquevillé dans la malle, une mitraillette en travers des genoux, prêt à ouvrir le feu à la moindre visite intempestive.

Quand la voiture s'immobilisa à la frontière, un douanier frappa sur le coffre d'un doigt indiscret, puis il essaya de l'ouvrir. Le chauffeur lui remit la clé, dont il avait pris la précaution de tordre une dent, ce qui la rendait inutilisable. J'entendis la discussion qui mit aux prises deux douaniers. L'un était partisan de forcer la serrure avec une barre ou de la faire sauter à coups de revolver. L'autre, plus âgé et manifestement fatigué, assura qu'il connaissait le chauffeur, qu'il savait que la malle était vide et qu'il était parfaitement inutile d'endommager la voiture. Pendant un instant, le plus jeune parut sur le point de l'emporter et mon doigt se crispa sur la détente. Finalement, ils nous laissèrent passer.

La voiture roula encore quelques kilomètres, puis

elle s'arrêta. Le chauffeur possédait une clé de rechange et il vint me délivrer. Je lui abandonnai la mitraillette. Il sortit une fiasque d'eau-de-vie dont il but une large rasade et qu'il passa à son compagnon avant de me l'offrir. Je la rebouchai et la glissai dans ma sacoche.

— Tu sais où aller à présent, frère ?

— Oui.

— Ne t'inquiète pas pour Annalya. Elle est en sûreté et nous veillerons sur elle.

— Bien.

— Et ne te reproche pas ce qui s'est produit. Est-ce à ça que tu penses ? Que c'est ton arrivée qui a délenché le soulèvement ?

— Peut-être.

— N'importe comment, il aurait eu lieu. L'heure était venue. Todor savait que tu n'apportais pas l'aide américaine. Vois-tu, il s'est servi de toi. Ton arrivée était un signe... comme une comète dans le ciel. Elle a enflammé le peuple et trempé son courage. Il y aurait eu un soulèvement sans toi, mais il ne se serait peut-être pas soldé par une si belle réussite.

— Une réussite ? Nous... votre peuple... a été massacré !

— Oui, mais un mouvement se nourrit de son propre sang. Sans ce ferment, il dépérit et meurt. Cette insurrection a été un triomphe, frère. Nous nous sommes battus bravement et tu t'es battu bravement à nos côtés. Es-tu en sûreté en Bulgarie ?

— Oui.

— Dieu te garde, frère. Ç'a été un beau combat.

— Oui, un beau combat.

Je partis à pied en direction du soleil qui commençait à poindre à l'horizon.

Il me fallut un certain temps pour atteindre Sofia, mais mon courage se trouva stimulé par la certitude que la cité m'offrirait un asile. Mon hôte, un prêtre de l'Eglise orthodoxe grecque, habitait rue des Tanneurs — un nom qui m'allait comme un gant. Je m'abstins de lui faire remarquer cette coïncidence puisque je ne lui révélai pas ma véritable identité. Je lui étais recommandé par un membre du P.S.M. qui appartenait également à une organisation nommée société de la Main gauche. J'avais déjà vaguement entendu parler de ce groupe, une association à tendances mystiques, fondée quelques siècles plus tôt dans le dessein de sauvegarder la Chrétienté au cœur de l'Empire ottoman. Mon ami du P.S.M. avait prévu pour moi un séjour de huit heures chez le père Gregor ; après quoi, je pourrais repartir vers le sud en direction de la frontière turque en compagnie d'un autre de ses camarades. Les premières heures s'écoulèrent agréablement. La gouvernante du père Gregor nous prépara un excellent shashlik et la cave de mon hôte nous fournit une bouteille d'un tokay mémorable. Après quoi, je m'installai en face de lui dans son salon, devant un échiquier. Il jouait beaucoup mieux que moi et, après le troisième échec au roi, j'abandonnai la partie. Je n'étais pas un adversaire à sa hauteur. Il remit les pièces dans leur coffret et me demanda si, par hasard, je ne parlais pas anglais.

— J'ai rarement l'occasion de m'exprimer dans cette langue, m'expliqua-t-il. Et quand on ne pratique pas une langue, on finit par l'oublier.

— Je connais un peu l'anglais, père Gregor, et je serais heureux de vous donner la réplique.

— Ah ! Quelle joie ! Encore un peu de vin ? (Il remplit nos verres.) Dans un moment, si vous le voulez bien, je vous inviterai à partager mon régal quotidien ; à neuf heures, Radio-Europe-Libre nous offre une émission. L'écoutez-vous souvent ?

— Non.

— Personnellement, je ne la manque jamais... et au moment précis où elle se termine, commence une émission de Radio-Moscou à l'intention de Sofia. Ecoutez-vous Radio-Moscou ?

— Pas souvent.

— Ah ! Dans ce cas, je crois que vous en goûterez aussi toute la saveur. La juxtaposition de ces deux émissions me réjouit toujours. On passe sans transition d'un monde à l'autre, et aucune des expressions des deux antagonistes ne correspond au monde tel qu'il est vu de Sofia.

L'indicatif de Radio-Europe-Libre retentit et je n'en avais toujours pas appris davantage sur la nature de la société de la Main gauche. Confortablement installé dans une belle bibliothèque aux murs garnis de livres, j'observais mon hôte qui réglait minutieusement son vieux poste à ondes courtes.

A maintes reprises, le père Gregor donna libre cours à son hilarité. C'était un homme de haute stature, lourdement charpenté, et à chacun de ses éclats de rire les murs tremblaient. « Merveilleux ! » rugissait-il. « Extraordinaire ! » clamait-il, et les livres menaçaient de choir de leurs rayonnages sous ses explosions de joie.

Deux informations mentionnées en cours d'émission retinrent tout spécialement mon attention.

La première était un compte rendu percutant de la révolution en Macédoine.

— *Ne désespérez pas, Bulgares assoiffés de liberté!* lança la voix vibrante d'une jeune femme. *L'esprit d'indépendance ne peut pas être écrasé sous la botte communiste. La nuit dernière, des patriotes macédoniens se sont dressés face à l'oppresseur. Ils se sont élevés contre la prétendue république du peuple de Yougoslavie! Armés de bâtons et de pierres, des hommes, des femmes et des enfants ont relevé la tête pour secouer le joug. Ils se sont battus contre des forces infiniment supérieures en nombre pour se libérer des chaînes de l'esclavage!* (La voix s'enfla encore.) *Européens! Européens qui chérissez la liberté, l'exemple de ces héros macédoniens doit retremper votre courage! La terre de Liberté vient de recevoir le ferment de leur sang! Ils ne sont pas morts en vain! Votre heure, l'heure de l'humanité tout entière, viendra!*

Le père Gregor se tenait les côtes.

A la fin du même programme, j'entendis mentionner mon nom et faillis laisser échapper le verre que je portais à mes lèvres. Une voix masculine enchaînait :

— *Une nouvelle provocation caractérisée émanant des Russes a menacé la paix du monde!* annonça l'homme avec emphase. *Cette fois, le crime dont ils se sont rendus coupables relève de l'espionnage, procédé démoniaque qui semble avoir été inventé à Moscou. La clique criminelle opérait sous la conduite d'Evan Michael Tanner, citoyen américain, corrompu par la propagande mensongère des commu-*

nistes et l'or de Moscou ! Par d'abjectes manœuvres et d'indignes subterfuges, ce traître, ce péril pour la paix du monde, a réussi à s'emparer du dossier complet des défenses aériennes et côtières britanniques. Ces documents secrets, clé de la sauvegarde de cette courageuse nation européenne, sont en ce moment même acheminés derrière le Rideau de fer et font route pour l'antre du tyran à Moscou ! Pourtant, tout espoir n'est pas perdu pour l'humanité. On sait que Tanner se dirige vers une petite ville de la Turquie où il doit contacter ses supérieurs. Sera-t-il intercepté ? Les hommes libres de tous les pays, les hommes libres qui chérissent la paix à travers la terre entière, ne peuvent que prier pour qu'il le soit...

Les plans des défenses aériennes et côtières britanniques...

Mais comment pouvaient-elles avoir été volées en Irlande ? Et si elles avaient été subtilisées en Angleterre, pourquoi diable le grand type à lunettes les aurait-il emportées en Irlande ? Pour qui travaillait-il donc ?

Peu à peu, tandis que le speaker passait à un autre sujet, quelques réponses se faisaient jour dans mon esprit : les plans britanniques avaient dû être volés par les Irlandais eux-mêmes. Puis une bande, dont faisait partie le type à lunettes, s'était emparée des documents à Dublin.

Qui était-il ? Pour qui travaillait-il ? Autant de questions auxquelles je ne trouvais pas de réponses. Mais elles ne présentaient pas un intérêt considérable. L'important était ailleurs : ma petite sacoche contenait une véritable charge de dynamite. Peu importait l'endroit où les plans avaient été subtilisés et leur destination présumée ; désormais, tout le monde savait que je possédais ces plans. Et le monde entier savait aussi — Dieu sait comment — que je me dirigeais vers Balikesir. C'était ce détail qui me tracassait le plus.

Le programme de Radio-Moscou présentait les choses sous un jour différent. Silence complet sur les plans britanniques, mais une version très personnelle des événements de Tetovo :

— *Poursuivant leurs activités subversives, des agents de l'American Central Intelligence Agency se sont lancés dans une nouvelle tentative désespérée dans le dessein de troubler la paix et la sécurité de l'une des plus pacifiques des républiques socialistes de l'Europe orientale. Cette fois, c'est la nation sœur de Yougoslavie qui a été victime de leurs agissements. Jouant sur des malentendus raciaux et de décadents objectifs économiques, des agents de la C.I.A., sous la conduite d'Ivan Mikhail Tanner, ont fomenté un soulèvement fasciste dans la province de Macédoine, lequel s'est immédiatement heurté à la détermination du peuple. Munis de tonnes d'armes, frauduleusement introduites dans le pays, appliquant les tactiques des terroristes entraînés à Washington, ces fascistes ont réussi à submerger les vaillantes populations de plusieurs villages macédoniens. Grâce aux efforts déployés par les habitants des régions avoisinantes et l'aide des troupes d'élite envoyées par Belgrade, la tentative de soulèvement inspirée par Washington a été rapidement réprimée. Le règne de la terreur peut être considéré comme à jamais écarté.*

Je me versai un verre de vin. Il semblait donc qu'un comité d'accueil se préparât à me souhaiter la bienvenue à Balikesir. J'y étais attendu par les

Anglais, les Irlandais, les Russes, les Turcs, les Américains et, bien entendu, par la bande anonyme qui avait volé les fameux plans.

Je commençai à me demander pourquoi je n'étais pas resté chez moi, à terminer tranquillement la thèse de mon étudiant.

— Passionnant, vous ne trouvez pas ? commenta le père Gregor. Ces deux émissions ne cesseront jamais de m'amuser. Avez-vous remarqué comme les deux versions de ce soulèvement, la nuit dernière en Macédoine, étaient différentes ? Je me demande laquelle est la plus proche de la vérité.

Nous buvions du café épais, amer, servi dans de petites tasses. Le père Gregor avait fermé la radio et je l'écoutais d'une oreille distraite. Mon esprit se débattait désespérément avec deux problèmes, deux impossibilités majeures : celle d'entrer en Turquie et celle d'en ressortir.

— J'ai aussi remarqué que ces deux émissions avaient mentionné un même individu. Un certain Tanner... Avez-vous remarqué ce détail ?

— Oui.

— Vous ne trouvez pas cela amusant ?

— Je...

— Si nous mettions bas les masques, coupa-t-il avec un sourire suave. A moins que je ne me trompe lourdement, et j'admets que c'est là une possibilité à envisager, je crois que vous êtes le nommé Michael Tanner dont il a été question. Est-ce exact ?

Je ne répondis pas.

Il souleva sa tasse, la contempla un instant, puis la reposa sans y avoir porté les lèvres.

— Dès le début, j'ai soupçonné votre identité. Vous m'avez été adressé par un membre du parti séparatiste macédonien et j'avais entendu parler de vous à propos du soulèvement. Ensuite, je vous ai tendu un piège en vous demandant si vous parliez anglais. Vous parlez le bulgare sans la moindre trace d'accent, mais il n'en va pas de même pour votre langue maternelle, teintée d'intonations indéniablement américaines. En outre, j'ai observé vos réactions pendant que la radio parlait de vous. Bref, je sais qui vous êtes. Allez-vous réellement à Ankara, comme vous le prétendiez ? Ou la radio disait-elle vrai ?

— Je me rends effectivement dans une petite ville, comme on l'a annoncé.

— Ah ! Et vous y avez des amis ?

— Pas un seul.

— Je suppose que vous avez de très bonnes raisons pour vouloir gagner cet endroit, marmonna-t-il en se caressant le menton.

— Oui.

— Puis-je me permettre une question... délicate ?

— Je vous en prie.

— Naturellement, vous n'êtes pas obligé d'y répondre. Et vous pouvez toujours me raconter un mensonge. Mais... pensez-vous retirer de ce voyage en Turquie quelques avantages pécuniaires ?

J'hésitai un instant. Il respecta mon silence et attendit que je me décide. Finalement, j'admis qu'il existait une possibilité de profit pécuniaire.

— Un profit substantiel ?

— Très.

— De quel ordre ?

Je lançai un chiffre.

— Dix pour cent représenterait une somme

appréciable, commenta le père Gregor. Suffisante, j'en suis persuadé, pour intéresser la Main gauche.

Je gardai le silence.

— Mais peut-être répugneriez-vous à verser un pourcentage ?

— Ça dépend.

— De l'aide dont vous pourriez avoir besoin ? Et de celle qui pourrait vous être offerte ?

— C'est à peu près cela, oui.

— Ah ! (Il joignit les mains.) Il serait possible de rassembler à Balikesir dix ou douze homme adroits au moment que vous jugeriez opportun. Il serait possible de vous fournir un moyen de transport qui vous permette de vous enfuir dans les meilleures conditions. Il serait possible...

— Un avion ?

— Hum... Très difficile. Un bateau suffirait-il ?

— Oui.

— Bon. Nous pouvons aisément mettre un bateau à votre disposition. Où comptez-vous aller ensuite ?

— Au Liban.

— Ah ! Donc, il s'agit d'or.

— Comment avez-vous... ?

— Quelle autre marchandise va-t-on vendre au Liban. On peut acheter de nombreuses denrées dans ce pays. Mais quand il s'agit de vendre de l'or, le Liban fait prime. Certes, on n'en retire pas les quatre cents francs suisses l'once qu'on peut toucher à Macao, mais on offre beaucoup plus que les cent trente francs du cours officiel. Je pense que vous pourriez en tirer facilement deux cent cinquante francs suisses l'once. Est-ce là ce que vous escomptiez ?

— Pour un prêtre, vous semblez très averti du cours des biens de ce monde.

Il émit un rire joyeux.

— Il y a cependant un détail.

— Oui ?

— Il faudrait que vous adhériez à la société de la Main gauche.

— Il faudrait que j'en devienne membre ?

— Oui. Y voyez-vous une objection ?

— J'ignore tout de cette société.

Il réfléchit un instant.

— Que désirez-vous savoir ? demanda-t-il enfin.

— Connaître ses objectifs politiques.

— La Main gauche est au-dessus de la politique.

— Dans ce cas, ses buts en général.

— L'intérêt de ses membres.

— Sa nature ?

— Secrète.

— Son importance numérique ?

— Inconnue.

— Quels sont les éléments qui la composent ?

— Divers. Nous comptons des membres dans tous les pays du monde. La majeure partie de ses adhérents se trouve dans les Balkans, mais il en existe partout. Ecoutez... Vous désirez connaître le caractère du mouvement dont vous allez faire partie, mais ça... c'est un détail tout à fait superflu. Peut-être vous suffira-t-il de savoir que mon appartenance à la Main gauche me permet, à moi, simple prêtre, de vivre très largement dans une ville où les ecclésiastiques n'arrivent même pas à manger à leur faim. Cette explication vous suffit-elle ? Je pourrais ajouter que je ne suis prêtre que depuis peu d'années et que mon état ne m'astreint qu'à de très rares devoirs religieux. Vous seriez surpris d'apprendre depuis combien de temps je n'ai pas mis les pieds dans une église.

Nos yeux se rencontrèrent.

— Désirez-vous adhérer à notre société ?

— Oui.

— Parfait.

Il s'approcha d'un rayonnage, prit une Bible, un couteau rituel et un morceau d'étoffe blanche. Il me couvrit la tête du linge, referma les doigts de ma main droite autour de la lame sacrée et la posa sur la Bible.

— Maintenant, dit le père Gregor, levez la main gauche…

CHAPITRE XV

Trois jours affreusement monotones plus tard, j'entrai à Balikesir, à califourchon sur un âne édenté. Pas le moindre incident ne marqua mon voyage de Sofia à la frontière turque et le passage de cette frontière, la plus dangereuse qu'il m'eût été donné de franchir, se révéla d'une simplicité déconcertante. Nanti des plans des défenses aériennes et côtières britanniques logés entre ma peau et ma chemise, libre de tout bagage, le visage mangé de barbe, les cheveux hirsutes, une bonne couche de crasse sur tout le corps et le passeport de Mustafa Ali serré dans ma paume droite, je franchis le poste de douane bulgare et le contrôle turc et poursuivis paisiblement mon chemin.

Après avoir payé l'âne, il ne me restait qu'une poignée de monnaie pour m'acheter des vivres. Ce brave animal m'emporta en direction du sud-ouest, au-delà de Gallipoli, et je traversai avec lui le détroit des Dardanelles sur le ferry qui assurait le service entre Kilitbahir et Çanakkale, puis repris la route, cap au sud-est, cette fois.

J'atteignis Balikesir en début d'après-midi, sale et sans un centime en poche. Je vendis l'âne pour le tiers de la somme qu'il m'avait coûtée et, d'un pas lent mais résolu, je gagnai le cœur de la cité. Je connaissais enfin les sensations que l'on peut éprouver quand on se trouve dans l'œil d'un cyclone.

Je passai le reste de l'après-midi à flâner dans le centre de la ville. La cité fourmillait littéralement d'espions. J'entendis des individus aux allures les plus diverses parler turc dans une gamme d'accents très étendue et j'essayai d'attribuer à chacun une nationalité déterminée. Je crus repérer trois agents britanniques, deux irlandais, un lot d'américains, trois ou quatre russes, et une flopée d'autres que je classai sous la rubrique globale : « Espions à la solde de pays inconnus. »

Quels qu'ils fussent, la sagesse me commandait de les éviter tous. Aucun d'eux n'avait paru me prêter la moindre attention, et je compris que je ne risquerais pas d'être démasqué aussi longtemps que je ne tenterais rien. Mais nous avions d'ambitieux projets, le père Gregor et moi. Isolément, un groupe d'hommes se faufilait déjà dans Balikesir. Nos plans prévoyaient une rencontre au moment opportun ; ensuite, la bande m'aiderait à sortir l'or de la ville et à le transporter dans un port proche, probablement Burhaniye, où un bateau nous attendrait, prêt à appareiller pour le Liban.

Je voulais bien pousser la crédulité jusqu'à ce stade, mais je me refusais à croire que mes frères de la Main gauche se contenteraient d'une part de dix pour cent. Pourtant, je ne voyais pas comment je pourrais gagner Beyrouth sans leur aide.

Chaque chose en son temps. Si je ne découvrais pas la maison ou si cette dernière ne recelait pas d'or sous sa véranda, j'en serais pour mes frais.

J'en arrivais à souhaiter que ce fût le cas.

Cette nuit-là, la lune à son dernier quartier éclairait la voûte céleste. Vers neuf heures, je partis à la recherche de la maison, que je ne découvris qu'une heure avant l'aube. J'avais d'abord commis l'erreur de la chercher à la périphérie de la ville. Mais ce qui avait constitué les faubourgs quarante ans auparavant faisait maintenant partie du centre. Je perdis beaucoup de temps avant de m'en rendre compte. Je changeai alors de tactique et suivis la voie du chemin de fer en essayant de repérer une maison qui la surplombait. Cela me prit du temps, beaucoup de temps, mais je finis par la trouver.

La grand-mère de Kitty m'avait fourni une description parfaite. La maison était exactement telle que je me l'étais imaginée : vaste, dominant ses voisines, et dotée d'une extraordinaire véranda en ciment. Le reste de la demeure semblait n'être qu'une dépendance de la véranda, mais cette optique était sans aucun doute due à mon point de vue très particulier.

La maison avait besoin d'un sérieux coup de peinture. Des vitres manquaient à plusieurs fenêtres et trois ou quatre volets pendaient lamentablement. Avec mille précautions, je m'approchai suffisamment de la véranda pour me livrer à un examen rapide et superficiel. Autant que je pus en juger, elle n'avait pas subi de transformations depuis 1922. Son plancher paraissait d'époque et ses murs offraient une patine égale. Je découvris pourtant un endroit où le muret aurait pu être défoncé et recimenté bien des années auparavant — peut-être quand on y avait caché l'or, à moins que ce ne fût la trace du passage d'un pillard ignoble qui m'aurait battu au poteau. Il n'existait qu'un seul moyen de m'en assurer. Mais l'aube pointait et il était trop tard pour me livrer à cette tentative.

Je regagnai le centre, et passai la journée à déambuler dans les marchés, à tuer le temps dans une salle de cinéma crasseuse ou au fond de sombres bouges, assis devant des tasses de café d'un noir d'encre. La nuit venue, je retournai à la maison. J'avais acheté une pince-monseigneur dans les souks et, depuis le début de la journée, je la transportais péniblement, dissimulée sous ma chemise et mon pantalon. Il aurait peut-être mieux valu défoncer le béton, mais je ne pouvais pas risquer d'alerter le voisinage par un vacarme intempestif et je craignais de ne pas parvenir à camoufler le trou après mon passage.

Tapi dans l'ombre, j'attendis que la dernière lumière se fût éteinte dans la vieille maison. Je laissai encore passer une demi-heure, puis armé de ma pince-monseigneur, j'allai m'attaquer au plancher de la véranda. Le silence était de rigueur, je devais agir vite et être prêt à me fondre dans l'obscurité à la moindre alerte. Je soulevai plusieurs planches dans un coin de la véranda, à un endroit où j'espérais que personne ne s'aviserait de marcher, et je réussis enfin à dégager un espace suffisant pour pouvoir m'y glisser. Je regardai à l'intérieur.

Naturellement, je ne pus rien voir. Les ténèbres régnaient sous le plancher et je n'avais pas eu l'idée de me munir d'une torche.

J'étais fortement tenté de me laisser glisser dans l'ouverture, mais la nuit était déjà trop avancée. Je me penchai, sondai l'obscurité du bout de ma pince-monseigneur et ne rencontrai que du vide.

Je replaçai soigneusement les planches et en

reclouai un nombre suffisant pour que personne ne risque de passer au travers, tout en leur laissant assez de jeu pour pouvoir les retirer en quelques minutes.

Puis je repartis pour me fondre dans la foule et attendre une nouvelle et interminable journée.

J'échangeai ma pince-monseigneur contre une lampe de poche et, la nuit suivante, je retournai à la maison. J'avais l'impression de rentrer chez moi. Je rouvris le trou dans le plancher ; j'en étais là de mon travail quand j'entendis le grondement d'un moteur. J'eus à peine le temps de quitter la véranda et d'aller me cacher derrière l'angle de la maison. Il s'agissait d'une voiture de police équipée d'un projecteur. Elle ralentit à hauteur de la maison et le pinceau lumineux du phare mobile décrivit un arc de cercle le long de la véranda. Je crus que j'allais m'évanouir. Les policiers ne distinguèrent que quelques vieilles planches ; manifestement, ce n'était pas ce qu'ils recherchaient.

La voiture s'éloigna. Je me précipitai vers la véranda. J'allumai ma lampe et en dirigeai le faisceau sous le plancher.

La petite torche éclairait faiblement, mais c'était suffisant. Je contemplai — les yeux écarquillés, le souffle court — l'or de Smyrne !

CHAPITRE XVI

Je passai le reste de la nuit sous la véranda. Après m'être glissé par l'ouverture, je réussis à redisposer correctement les planches au-dessus de moi. J'agissais en silence. J'avais trouvé l'or ; une énorme quantité d'or. Quel merveilleux spectacle !

Il y avait des sacs, des boîtes et de petites bourses de cuir, tous et toutes remplis de pièces d'or, en majorité des souverains britanniques à l'effigie de la reine Victoria, mais un peu de monnaie turque aussi et quelques poignées de pièces de divers pays. Il n'était pas question de compter le trésor. Je me contentai de placer les petits sacs dans les plus grands et tentai de calculer le poids total du magot.

J'estimai l'ensemble à environ deux cent cinquante kilos. J'essayai de déchiffrer le montant du trésor, mais mon esprit peinait sur les détails mineurs : devais-je utiliser le système avoirdupoids dans lequel la livre vaut seize onces, ou avoir recours au système troy, employé pour les métaux précieux et les pierreries, où la livre ne vaut que douze onces ? Devais-je prendre pour base le cours officiel de trente-cinq dollars l'once ou celui de soixante dollars que j'étais susceptible de toucher à Beyrouth ? Je finis par admettre qu'il s'agissait là d'un problème abstrait, sans portée pratique. J'étais assis sur deux cent cinquante kilos d'or. Avais-je besoin d'en savoir davantage ?

Mais comment sortir ce trésor ?

L'idée du bateau ne me séduisait guère. Celui que la bande du père Gregory me fournirait ne pourrait sans doute pas dépasser vingt nœuds et le voyage de la côte occidentale de Turquie au Liban exigerait plusieurs jours.

Un avion aurait simplifié le problème. Si la société de la Main gauche avait été une organisation vraiment puissante, elle aurait pu en obtenir un. Je commençais à soupçonner de plus en plus sérieusement cette association de n'être qu'un nom couvrant des escroqueries soigneusement mises au point. Le bateau chargé d'or retournerait probablement en Bulgarie où le père Gregor pourrait tout à loisir élaborer un moyen lui permettant de transporter les pièces au Liban, à Macao, ou n'importe quel autre endroit de son choix.

Le plus sage serait de suspendre toutes relations avec mes frères de la Main gauche. Mais pouvais-je sortir l'or sans leur concours ? Non. Je n'y parviendrais jamais. J'avais besoin des services de la Main gauche. Mais je devais veiller à ce qu'elle ignore les intentions et les agissements de la main droite...

La Main gauche établit le contact au marché, le lendemain. Un petit homme furtif, au visage marqué de petite vérole, m'adressa l'un des signes secrets de notre secte : une disposition particulière des doigts de la main gauche que le père Gregor m'avait apprise. Je rendis le signal ; d'un mouvement de la tête, il m'engagea à le suivre.

Hors de la foule, il ralentit le pas pour me permettre de le rattraper. Il exécuta un autre signe, peut-être pour plus de sûreté, et je lui rendis le contre-signe approprié. A ce stade, il me demanda le nom de mon père. Je lui répondis que le cher homme s'appelait Gregor. Il esquissa ce qu'il pensait être un sourire, puis il m'entraîna dans une rue montante, m'en fit descendre une autre et enfin s'immobilisa devant une vaste et vieille maison au cœur du quartier arabe.

— Nous avons loué cette demeure, annonça-t-il. Voulez-vous entrer ?

Je franchis le seuil et fis la connaissance de quatre de mes frères ; on m'apprit qu'il y en avait trois autres dont l'un attendait au port de Burhaniye à bord du bateau que nous devions utiliser. Les deux derniers étaient allés se procurer une voiture. Avais-je découvert l'or ? Je répondis par l'affirmative. Pourrions-nous le sortir ? Je déclarai que c'était possible.

Tous se montrèrent enchantés.

— Nous vous aiderons, annonça le grêlé. (Il s'appelait Odon ; les autres n'avaient pas jugé bon de se présenter.) Et nous nous contenterons de dix pour cent du trésor.

Le dénommé Odon incarnait le menteur le moins convaincant qu'il m'eût jamais été donné de rencontrer. Si j'avais entretenu le moindre doute quant à la pureté de leurs intentions — et dans mes moments d'optimisme le plus délirant je m'étais efforcé de croire à l'histoire du père Gregor — il l'eût balayé à jamais. Désormais, une unique certitude me tourmentait : me tueraient-ils ou me laisseraient-ils la vie sauve après m'avoir dépouillé de l'or ?

— Où est le magot ?

Je leur fournis quelques explications sur son emplacement approximatif.

— Et combien y a-t-il d'or ?

Je leur fis part de mon estimation.

— Dès cette nuit, nous nous mettrons au travail ! trancha Odon. Il n'y a pas de temps à perdre. Nous irons ce soir avec la voiture que nos hommes sont allés chercher. Nous...

— Une voiture volée ?

— Non ! Achetée. Un de nos hommes possède un permis de conduire turc et un passeport établi à la même identité. Nous ne voulons pas d'ennuis avec la police, vous comprenez ? Nous chargeons l'or dans des coffrets métalliques. Ils sont au garage. Venez, je vais vous les montrer.

Je le suivis et il me désigna vingt-quatre coffrets métalliques du genre utilisé par les grosses entreprises pour y serrer l'argent liquide. Ils étaient posés sur un immense établi qui disparaissait sous un amoncellement d'outils et de quincaillerie rouillée — limes queues-de-rat, vieux cadenas, écrous, boulons, rondelles.

— Est-ce qu'il y en aura assez ?

— Oui, dis-je après un rapide calcul. Ils doivent pouvoir contenir tout l'or.

— Parfait. Nous les remplirons sur place, vous comprenez ? Pour plus de sûreté, vous vous glisserez sous la véranda et vous les remplirez vous-même. Quand vous aurez fini, la voiture viendra les chercher et nous partirons immédiatement pour Burhaniye. Nous devrions pouvoir appareiller avant l'aube. (Il parut frappé par une pensée subite qui me confirma, si besoin était, la véritable destination du bateau.) Pour Beyrouth évidemment. Nous appareillerons à l'aube pour Beyrouth.

Un lamentable menteur.

D'épais nuages voilaient la lune. Une chance. Peu après minuit, la voiture se rangea devant la maison. Odon resta sur la banquette avant avec deux de ses acolytes. Deux autres étaient restés au garage — nous devions les reprendre avant de partir pour Burhaniye. Je courus à la véranda, ouvris mon petit trou de lapin et me glissai dans mon terrier. Un autre membre de l'expédition me passa les coffrets un à un.

— Voulez-vous que je vous attende ? me demanda-t-il.

— Non. Retournez à la voiture. J'en ai pour un bon moment. Allez faire un tour et revenez dans une heure.

Il parut hésiter.

— Je pourrais descendre avec vous et vous aider. Ça irait plus vite.

— Nous risquerions de faire trop de bruit.

Il s'éloigna. La voiture finit par démarrer, mais je me doutais qu'elle n'emportait pas tous ses occupants. J'étais à peu près certain que l'un d'eux restait à proximité pour s'assurer que je ne tenterais pas de prendre le large avec l'or.

Je remplis les vingt-quatre coffrets. Ils étaient lourds, mais aisément transportables. Chacun devait peser entre dix et quinze kilos, ce qui confirmait ma première estimation du poids total. Je refermai le dernier coffret au moment où mes frères de la Main gauche se manifestèrent. Odon se pencha sur l'ouverture ; il me proposa de lui passer les coffres un à un et il se chargerait de les transporter jusqu'à la voiture.

Cette solution était tout de même un peu trop simpliste. J'émergeai de mon terrier.

— Je n'en peux plus, annonçai-je. Je n'ai plus la force de soulever ces coffrets. Que l'un de vous s'en charge. Je vais attendre dans la voiture.

Après tout, il n'y avait aucune raison pour que je leur facilite la tâche. J'imaginai parfaitement le tableau. Je leur tendais le dernier coffret ; ils le prenaient, allaient le placer dans le coffre et la voiture s'éloignait joyeusement pendant que je m'extirpais de mon trou pour leur adresser de grands signes d'adieu, planté au beau milieu de la véranda. Non. Je n'allais pas me laisser manœuvrer aussi facilement.

J'attendis dans la voiture. Ils mirent du cœur à l'ouvrage et se relayèrent pour se passer les coffrets. Odon les rangeait dans la malle sans se soucier du bruit. Le vacarme aurait réveillé un mort. Des lumières s'allumèrent dans une maison voisine. Je leur conseillai de se presser et ils activèrent le mouvement. Soudain, des lumières brillèrent aux fenêtres de la maison dont nous dévalisions la véranda. Ma tête bourdonnait ; j'avais la gorge sèche. Enfin, ils chargèrent le dernier coffret et d'un même élan, sautèrent dans la voiture. Dans le lointain, une sirène ulula. La police ? Vraisemblablement.

Odon actionna le démarreur. Sur le moment, je crus que cet imbécile avait noyé le carburateur. Le moteur toussait lamentablement ; enfin, il partit. La voiture bondit, nous emporta comme si nous avions le diable à nos trousses. Heureusement, Odon conduisait bien. Il écrasa l'accélérateur et nous étions de retour à notre quartier général en moins de temps qu'il ne faut pour le dire. Odon rentra directement la voiture au garage.

— Va chercher les autres, dit-il à l'un de ses acolytes. Dépêche-toi. Il faut embarquer avant l'aube ; nous n'avons pas de temps à perdre.

Je descendis de voiture. En passant devant l'établi, je repérai un tranchet de cordonnier parmi le tas de ferraille. Je le saisis en douce, contournai la voiture et allai en planter la lame dans le pneu arrière gauche ; puis je la retirai vivement et glissai le tranchet dans ma poche. Le pneu n'éclata pas, mais il s'aplatit presque instantanément. Je laissai le soin de cette découverte à l'un des complices d'Odon. Il lui désigna la roue.

Odon égrena un chapelet de jurons assez colorés. Un membre de la bande se souvint qu'il y avait une roue de secours dans le coffre, qu'il s'empressa d'ouvrir. Notre chargement d'or la coinçait et il fallut les efforts conjugués de trois d'entre nous pour parvenir à la dégager. Au cours de l'opération, le pneu de secours eut l'occasion de faire connaissance avec la lame recourbée du tranchet de cordonnier. Personne ne remarqua les coupures. Ils crurent que la chambre avait seulement besoin d'être gonflée et Odon découvrit une pompe au fond du garage. Ils s'acharnèrent à pomper, mais sans résultat. L'un d'eux finit par repérer les entailles. Il les désigna à Odon qui faillit en devenir fou. Il maudit les deux acheteurs de la voiture, puis s'en prit à leur mère et à leur grand-mère, et le destin s'entendit vigoureusement apostrophé pour lui avoir envoyé des compagnons aussi abrutis. Sa diatribe fut ponctuée de quelques mots ignorés de mon vocabulaire bulgare. Bref, il n'était pas content.

— Il faut trouver une autre bagnole ! beugla-t-il. Grouillez-vous ! Allez en voler une ! Nous devons...

Une discussion s'ensuivit. Deux des hommes refusèrent catégoriquement d'effectuer le voyage dans une voiture volée. Un autre fit très justement remarquer que nous pourrions nous procurer un pneu dans la matinée et qu'un peu de sommeil ferait du bien à tout le monde.

— Et si, en attendant, quelqu'un s'enfuyait avec l'or ?

— Il n'y a que nous qui soyons au courant.

— Et si c'était l'un de nous ?

— Avec un pneu à plat ?

Finalement, il fut décidé d'attendre jusqu'au lendemain matin. Odon ferma le coffre à clé, repoussa la porte du garage et nous invita à le suivre dans la maison délabrée. Un placard nous livra une bouteille d'eau-de-vie d'assez médiocre qualité. Chacun s'en servit une large rasade et le moral d'Odon commença à remonter. Les libations furent accompagnées de chansons, puis de danses, puis de nouvelles libations. Enfin, l'un après l'autre, chacun sombra dans le sommeil. Et bientôt, nous dormions tous paisiblement.

Tous, sauf un.

J'attendis un peu. Rassuré par leurs ronflements, persuadé qu'une aussi belle occasion ne s'offrirait plus jamais, je me glissai hors de la maison et me faufilai dans le garage. Il y avait là une telle variété d'outils qu'ouvrir la serrure de la malle ne posait aucun problème. Je fus très occupé pendant près d'une heure. Puis je retournai m'allonger à côté de mes camarades, qui dormaient toujours du sommeil du juste. Le plus simple aurait été de leur trancher la gorge l'un après l'autre, mais cette façon de procéder allait à l'encontre de mes principes. Soupçonnant toutefois mes compagnons de ne pas partager mes scrupules en matière d'assassinat d'hommes endormis, je fis semblant de m'être réveillé le premier. Odon envoya un de ses hommes acheter un pneu qui fut bientôt monté sur la voiture. Puis, une nouvelle discussion éclata : devions-nous attendre la nuit ou partir immédiatement ? Ce fut cette dernière solution qui rallia les suffrages. Sur le coup de deux heures de l'après-midi, nous finissions de nous entasser dans la voiture qui prit la direction de Burhaniye.

Le trajet s'effectua sans encombre. Le bateau, un élégant petit cotre, se balançait à l'ancre sous la garde d'un colosse. Celui-ci vint nous accueillir ; il nous annonça qu'il s'était occupé des douaniers et de la police du port, et que les fonctionnaires fermeraient les yeux. Nous n'avions qu'à changer la marchandise et à appareiller.

Odon m'entraîna à l'écart. Il me tendit un sac plein de cadenas.

— Il faut que vous fermiez vous-même les coffrets, m'expliqua-t-il. Puisque la plus grosse part de l'or vous revient, vous devez être sûr qu'on ne peut pas vous en voler. Si les coffrets n'étaient pas fermés à clé, nous pourrions prendre plus que notre part pendant le voyage, vous comprenez ?

— Mais j'ai confiance en vous, Odon.

Il rougit presque.

— Peu importe. Sortez les coffrets de la malle, vérifiez-en le contenu si vous voulez, et fermez-les avec un cadenas. Vous nous les passerez et nous ferons la chaîne pour les embarquer. Ensuite, nous monterons tous à bord et nous appareillerons. Cap sur Beyrouth.

J'eus l'impression que cet individu n'avait jamais proféré un seul mensonge avant de me connaître. Je suivis donc Odon vers la voiture, qu'il avait eu la précaution de garer dans un endroit désert. Il ouvrit la malle avec sa clé. Je fixai le cadenas au premier coffret, le passai à l'un des acolytes d'Odon qui le transporta au bateau ; ainsi de suite, jusqu'au dernier. C'est alors que je m'aperçus que tous les hommes étaient déjà à bord. Il ne restait qu'Odon. Je lui tendis le vingt-quatrième coffret. A ce moment précis, un de ses compagnons le héla du cotre.

— Ah ! s'exclama-t-il. On dirait qu'ils ont des ennuis à bord. Attendez-moi ici. Je reviens tout de suite.

— Je vais avec vous.

— Oh ! ce n'est pas la peine. Tiens. Qu'est-ce que c'est que ça... là... par terre.

Je regardai dans la direction indiquée. Il venait de saisir un démonte-pneu. Je compris ce qu'il voulait faire si longtemps à l'avance qu'il me fallut faire un gros effort pour me laisser frapper. Son outil finit tout de même par m'atteindre au moment où je me laissais tomber pour accompagner le coup. Il en résulta une simple éraflure à la tempe. Je n'en ressentis pas moins une douleur qui me fit chanceler ; j'achevai dignement mon mouvement de chute et m'écroulai sur le sable.

A ce stade, je réalisai que mon plan comportait une faille magistrale : si Odon me frappait une deuxième fois pendant que j'étais étendu de tout mon long, face contre terre ? S'il me défonçait tranquillement le crâne ?

Une faille magistrale, certes, mais n'avais-je pas l'excuse d'être un néophyte à ce jeu ? Quoi qu'il en soit, Odon s'abstint de me frapper une seconde fois. Peut-être était-il aussi peu expert dans l'art d'assommer les gens que dans celui de mentir. Il lâcha le démonte-pneu, mit le coffret métallique sous son bras et courut d'une traite vers le bateau.

Je ne fis pas un mouvement avant que le cotre fût hors de vue.

CHAPITRE XVII

Je montai dans la voiture, une Chevrolet d'une dizaine d'années dont la conduite ne me posa pas de problèmes insurmontables. Ils avaient eu la bonté de laisser la clé de contact en place ; j'effectuai donc un demi-tour et repris le chemin de Balikesir. Je retrouvai la maison, entrai directement dans le garage et refermai la porte. Un rude travail m'attendait. Mais je disposais de tout le temps voulu.

La bande de la Main gauche n'ouvrirait pas les coffrets avant d'être arrivée à bon port, ce qui lui prendrait au moins une journée. Elle ne les ouvrirait pas pour la bonne raison qu'ils se méfiaient les uns des autres. Tant que les cadenas demeureraient intacts, aucun d'eux ne pourrait opérer une ponction sur l'or qui devait arriver en totalité à Sofia où il serait inéquitablement partagé.

Je les imaginai tous réunis dans la confortable demeure du père Gregor ; ils ouvraient cérémonieusement les cadenas, ou les faisaient sauter, soulevaient les couvercles de chacune des boîtes et découvraient des boulons, des écrous, des poids, des clous, des vis, tout un assortiment de quincaillerie rouillée. Quelque deux cent cinquante kilos de ferraille d'après ma propre estimation des plus approximatives. Deux cent cinquante kilos de métal inutilisable, une partie en vrac, une autre soigneusement enveloppée dans de vieux sacs de toile et des bourses de cuir. Tout cela pour eux. Mais pas le plus petit louis d'or.

Sans cérémonie, j'avais remis ma démission à la société de la Main gauche. En un sens, cela me chagrinait, car c'était bien la première fois que je me retirais d'une organisation.

Mais je n'en fis pas une maladie.

L'or se trouvait à l'endroit où je l'avais laissé, sous une bâche dans le fond du garage. J'eus recours à toute une gamme d'outils pour ouvrir les panneaux des portières de la Chevrolet que je bourrai consciencieusement de pièces d'or. Je cachai le reste sous les sièges, à l'intérieur des coussins, à l'abri du capitonnage du coffre et sous celui du toit. Plusieurs heures me furent nécessaires pour répartir soigneusement mon chargement. Je tenais à éviter tout cliquetis intempestif ; un petit bruit de ferraille était parfaitement admissible de la part d'une voiture vieille de dix ans, mais point trop n'en fallait. A l'aide de journaux et des chiffons, j'étouffai les vibrations les plus inopportunes, resserrai toutes les vis et les écrous de la carrosserie et retournai dans la maison.

Je dénichai un rasoir et un peu de savon. Je me déshabillai, me lavai, me rasai et remis mes hardes crasseuses. J'eusse préféré des vêtements plus conformes à un personnage suffisamment prospère pour posséder une voiture ; j'envisageai d'en acheter une avant de partir, mais j'abandonnai cette idée. J'aurais tout le temps d'y penser quand j'aurais mis une certaine distance entre Balikesir et moi. Dans quelque autre ville, où la police n'aurait pas pour mission essentielle de rechercher le dangereux Evan Michael Tanner, je pourrais me préparer en toute sécurité à affronter la rigueur du contrôle douanier.

Je revins m'installer au volant. Les documents turcs, passeport et permis de conduire, se trouvaient dans la boîte à gants. Odon n'en avait plus besoin, pas plus que de la voiture, ni de moi, et il nous avait tous abandonnés au même sort. Je sortis tranquillement de Balikesir et pris la route en direction du sud-est. Le voyage fut interminable. Les routes étaient mauvaises et je ne pouvais pas pousser la Chevrolet à plus de soixante à l'heure de crainte de voir son train avant se séparer du châssis. Tous les quatre-vingts kilomètres, je m'arrêtais pour refaire le plein d'huile. De temps à autre, j'avalais rapidement un sandwich et une tasse de café, puis je me remettais au volant et repartais cap au sud-est. Interminablement.

Je continuai ainsi, sans interruption, pendant un jour et une nuit et, après avoir couvert une distance totale de mille trois cents kilomètres, je m'arrêtais à Antakia, à l'extrême sud de la Turquie, où je me décidai à acheter des vêtements corrects. Je réglai en pièces d'or, ce qui ne manqua pas de soulever une certaine curiosité. Mais, grâce à Dieu, le métal noble circule encore dans ce coin du monde et le marchand était beaucoup plus pressé de me rouler que de signaler ce mode de paiement aux autorités.

Je n'eus aucun ennui à la frontière. Je ne ressemblais pas spécialement à la photographie du passeport, mais personne ne ressemble spécialement aux photos d'identité apposées sur ce genre de document, et je passai sans encombre de Turquie en Syrie. Là, je roulai plein sud en suivant la route côtière. Le passage de Syrie au Liban fut encore plus facile. Les douaniers inspectèrent ma voiture avec conscience, mais ils n'avaient aucune raison de démonter les portières. Ils s'intéressèrent à ma roue de secours, à la boîte à gants, et finirent par m'autoriser à reprendre la route.

Ils ne s'aperçurent ni de la présence de l'or, ni des documents secrets, ni du fait que je n'étais pas la personne dont j'utilisai le passeport. Ces détails mis à part, rien n'échappa à leur zèle.

A Beyrouth, je descendis dans un bon hôtel et remisai ma voiture au garage de l'établissement. Je fis part au chasseur de mon désir d'entrer en rapport avec un marchand d'or digne de confiance et lui remis un souverain comme pourboire. Dans l'heure qui suivit, un jeune Chinois vint me trouver et me demanda si j'avais de l'or à vendre. Je répondis par l'affirmative. Accepterais-je cinquante dollars l'once ? Je l'assurai qu'il n'en était pas question.

— Combien, monsieur ?

— Soixante.

— C'est beaucoup.

— C'est peu. Vous me le paieriez soixante-cinq si j'insistais. Dites à votre patron que je ne marchande pas. Soixante dollars.

— Quelle quantité d'or, monsieur ?

— Six cents livres.

— Six cents livres sterling ?

— Six cents livres d'or.

Il ne cilla pas ; je ne décelai aucune altération dans son expression. Il demeura imperturbable. Il me quitta. Il revint.

— Soixante dollars l'once est une proposition acceptable.

— Puis-je rencontrer votre patron ?

— Si vous voulez bien me suivre.

Je me rendis dans un bureau ultramoderne, situé dans un immeuble non moins ultramoderne du centre. Un Chinois, vêtu d'un complet made in London, m'accueillit et une discussion relative aux modalités de l'opération s'ensuivit. Au début, je me montrai assez réticent ; après les diverses réjouissances et les parties de cache-cache turques, j'étais plutôt enclin à la méfiance ; mais les détails de la transaction finirent par être mis au point. Plusieurs grandes banques suisses possédaient des succursales à Beyrouth. Il me suffisait d'ouvrir un compte dans l'une d'elles — un compte chiffré — et le Chinois y déposerait le montant total de ma cargaison d'or, à raison de soixante dollars l'once. Sa société disposait d'un entrepôt où le déchargement pourrait s'opérer avec toute la discrétion voulue. J'y conduisis la voiture et plusieurs employés procédèrent à l'extraction de l'or selon mes directives. Les pièces furent comptées et pesées devant moi. Je ne parvins pas à me faire une opinion sur les balances. Etaient-elles truquées ou rigoureusement exactes ? Le Chinois semblait scrupuleusement honnête. Mais jusqu'où va l'honnêteté quand l'enjeu est d'importance ?

Mais je n'en étais pas à quelques dollars près. Il pouvait me rouler d'une once par livre, sur cinq cent soixante-treize livres il m'en resterait toujours suffisamment.

— Je suis prêt à accepter un titrage moyen de neuf cents millièmes, m'annonça-t-il. Nous ne devons pas perdre de vue qu'il s'agit de pièces dont le raffinage varie plus ou moins selon leur provenance. D'autre part, il est fort probable qu'un tel lot comporte un certain nombre de fausses pièces. Nous n'avons pas le temps de les vérifier une à une, n'est-ce pas ? Elles seront contrôlées avant d'être vendues et ma firme enregistrera un gain ou une perte suivant leur titrage. Si vous y tenez, nous pouvons déterminer ce titrage avant de vous régler. Mais cela vous obligerait à rester à Beyrouth encore sept ou huit jours au minimum. C'est la raison qui...

— J'accepte vos conditions, coupai-je.

— Désirez-vous un paiement en francs suisses ?

— La banque accepte-t-elle les dépôts en dollars ?

— Bien entendu.

— Alors, je préfère les dollars.

— Comme vous voudrez.

La suite ne fut qu'une question de routine. Je m'attendais que quelqu'un tentât de me voler tout le paquet, mais personne ne sembla même y songer. Le Chinois m'accompagna à la succursale de Beyrouth de la banque Leu. J'ouvris un compte chiffré et eus droit à des explications très compliquées sur le fonctionnement de ce système. Personne, m'assura-t-on, ne connaîtrait jamais l'existence du compte ou son montant sans mon autorisation expresse. Aucun gouvernement au monde n'obtiendrait le moindre renseignement sur ce dépôt. Moi, et moi seul, pouvais opérer des retraits. Toutefois, et on insista particulièrement sur ce fait, il ne me serait versé aucun intérêt.

J'assurai que ces conditions me convenaient parfaitement.

La transaction se conclut à la satisfaction générale. Le marchand chinois emporta son or. Il réalisait un bénéfice d'environ cinquante pour cent sur son investissement initial, tous frais déduits, mais je ne lui tenais pas rigueur de ce profit. L'opération était tout aussi fructueuse pour la banque qui disposait d'une somme considérable sans avoir à verser le moindre intérêt, mais pas un instant je ne songeai à reprocher à cette discrète institution le gain qu'elle retirait ainsi de l'or de Smyrne.

Mon dépôt se montait exactement à trois cent soixante et onze mille cinq cent vingt dollars.

Je retirai cent dollars en espèces de cette fabuleuse somme, puis je retournai à mon excellent hôtel. Dans l'élégante boutique de son hall, j'achetai un complet, une chemise, des sous-vêtements, une paire de chaussettes et des chaussures ; je choisis aussi une cravate, des boutons de manchette et une ceinture. Je montai dans ma chambre, pris un bain, m'habillai de neuf et allai m'attabler devant un copieux déjeuner au restaurant de l'hôtel.

Il ne me restait qu'un détail à régler. Après m'être reposé aussi complètement que possible sur mon confortable lit, je quittai l'établissement et pris un taxi qui me déposa quelques pâtés de maisons plus loin dans la même rue. Je descendis de voiture devant l'ambassade des Etats-Unis. L'après-midi tirait à sa fin et les bureaux n'allaient pas tarder à fermer.

Je gravis les marches. Un chaud soleil baignait la rue. Je poussai la porte et pénétrai dans le luxe fabuleux d'un authentique conditionnement d'air américain. Ce raffinement aviva en moi un mal du pays que je ne me serais jamais cru capable d'éprouver.

Dans le hall, j'avisai un jeune homme installé derrière un grand bureau. Je restai cinq bonnes minutes devant lui avant qu'il daigne lever sa tête impeccablement coiffée de la montagne de paperasses où elle était plongée.

Il me demanda s'il pouvait m'être d'une utilité quelconque.

— Je l'espère, répondis-je. Voyez-vous, j'ai perdu mon passeport.

— Oh ! *Vraiment ?*

Il appuya ses paroles d'un roulement d'yeux nettement réprobateur, destiné à souligner l'agacement que lui causaient ces touristes assez bêtes pour perdre ce précieux document.

— Je suppose que le cas est fréquent, dis-je.

— *Trop* fréquent. *Beaucoup trop* fréquent. Les gens ne semblent pas comprendre qu'il est d'une importance vitale de toujours conserver leur passeport à portée de la main...

Je le laissai continuer un certain temps. Sa leçon n'était d'ailleurs pas dépourvue d'intérêt ; je souhaiterais pouvoir me la rappeler intégralement.

Enfin, il trouva le formulaire approprié, leva son stylo et me regarda.

— Je suppose que vous ne vous souvenez pas du numéro ?

— Je crains bien que non.

— Non, évidemment. Personne n'a jamais l'idée de noter le numéro de son passeport. (Il renifla.) Comment vous appelez-vous ?

Je ne répondis pas tout de suite, pour mieux souligner mon effet.

— Allons, allons, railla-t-il. (Il était parfaitement odieux.) Vous n'allez tout de même pas me dire que vous avez aussi oublié votre nom ?

— Je m'appelle Evan Michael Tanner, laissai-je tomber. Si ce nom ne vous dit rien, je ne pense pas que vous ayez un grand avenir aux Affaires étrangères. Je vous conseille de lever votre cul et d'aller donner à votre patron le nom du stupide touriste qui a abusé de votre temps. Evan Michael Tanner. Allez lui annoncer la visite d'Evan Michael Tanner et vous verrez sa réaction.

Mais ce nom lui disait quelque chose. J'éprouvai une sensation délicieuse à observer la gamme des expressions qui se succédaient sur son visage d'une remarquable mobilité. Il tendit la main vers un timbre pour appeler les gardiens. Je les attendis de pied ferme.

Je n'eus rien à subir de fâcheux tant qu'on ne m'eut pas ramené à Washington. Les sbires de service me gardèrent sous leur surveillance en attendant que l'odieux jeune scribouillard pût annoncer mon arrivée à l'un de ses supérieurs. Finalement, des fonctionnaires plus aptes que lui à traiter les personnages d'importance vinrent m'interroger. Ils s'assurèrent que j'étais réellement Evan Michael Tanner et non pas un sinistre plaisantin. Quand ils eurent confirmation de mon identité, ils me conduisirent dans une pièce dépourvue de fenêtres au premier étage. Un gardien vérifia que je n'avais pas d'armes sur moi. Puis, deux des nouveaux venus se plantèrent devant moi et m'invitèrent à m'asseoir dans un fauteuil pivotant.

— D'après nos rapports, vous seriez en possession des plans britanniques, dit l'un.

— C'est exact. Je les ai.

— Vous les avez… sur vous ?

— Oui.

— En ce moment ?

— Oui.

— Voulez-vous me les remettre ?

— Si vous me montrez votre carte de la C.I.A.

— Je n'appartiens pas à la C.I.A.

— Alors, allez chercher quelqu'un qui y appartienne.

Ils allèrent chercher quelqu'un qui y appartenait. Solennellement, j'ôtai ma veste, déboutonnai ma chemise, écartai mon maillot de corps et sortis le paquet de papiers que le grand type à lunettes m'avait légué à Dublin. L'agent de la C.I.A. les vérifia.

Un des fonctionnaires des Affaires étrangères demanda si tout y était.

— Je ne sais pas, répondit le membre des services secrets. Il faut que je téléphone.

Il quitta la pièce et me laissa en compagnie des deux attachés d'ambassade. Ils m'offrirent des cigarettes que je refusai en expliquant que je ne fumais pas. A ce stade, le bon ton exigeait certaines réformes de mon habillement ; je rentrai le pan de ma chemise, la boutonnai et repassai ma veste.

L'agent de la C.I.A. revint et annonça que, pour autant qu'il pût en juger, les documents étaient au complet.

— Je ne comprends pas comment le gardien n'a pas trouvé ces papiers ! s'emporta l'un des attachés d'ambassade. Il l'a fouillé pour s'assurer qu'il n'était pas armé.

— Eh bien, ce n'est pas une arme, rétorqua l'agent de la C.I.A.

— Il aurait tout de même pu trouver ce paquet.

— Laissez tomber. (L'agent des services secrets se tourna vers moi.) Evidemment, ces documents pourraient n'être que des copies.

— Evidemment.

— Est-ce le cas ?

— Non.
— Pourquoi diable êtes-vous venu ici, Tanner? Je ne comprends pas. Pour qui travaillez-vous?
Je ne dis mot.
— A quoi vous attendez-vous? A une tape sur l'épaule et un billet de retour pour les U.S.A.? Savez-vous qu'à vous seul vous êtes responsable de six incidents internationaux?
— Je le sais.
— Je viens d'avoir Washington au bout du fil. Ils veulent qu'on vous envoie là-bas sous bonne garde, et par avion particulier. Aujourd'hui, même, ont-ils précisé. Mais nous ne pouvons pas obtenir d'appareil particulier aujourd'hui.
— Quand alors?
— Je n'en sais rien! Peut-être cette nuit, ou demain matin... Tanner, je vais vous dire une chose : vous m'en bouchez un coin! Comment avez-vous fini par échouer à Beyrouth? J'aimerais en savoir un peu plus long à votre sujet. Je sais que vous êtes plus dangereux qu'une grenade dégoupillée, et je connais certains des endroits où vous êtes allé, mais j'aimerais bien savoir la suite.
— Non.
— Ils vous poseront les mêmes questions à Washington. Facilitez-moi la tâche... faites-moi une fleur.
— Impossible.
— Avez-vous vraiment fomenté une révolution?
Je ne répondis pas à cette question, pas plus qu'à toutes les autres qu'il s'évertua à me poser. Le pauvre bougre se sentait frustré. Il savait que je serais envoyé au quartier général de la C.I.A. à Washington et que toutes ses questions demeureraient à jamais sans réponses. Les services secrets ne le payaient certainement pas pour ne rien faire, et il

avait de quoi s'occuper dans cette partie du monde, mais il ne devait pas souvent tomber sur un cas aussi passionnant que le mien. Il débordait de curiosité et je ne fis rien pour la satisfaire.

De guerre lasse, on m'enferma dans une pièce en compagnie de deux gardiens ; de braves types avec qui je jouai aux cartes. Je gagnai soixante-dix *cents,* mais je les refusai. J'aurais eu honte de m'approprier cet argent. Quelques heures s'écoulèrent et l'agent de la C.I.A. revint en compagnie de quatre individus aux larges épaules. Ils me passèrent les menottes et me conduisirent à l'aéroport de Beyrouth où un petit avion à réaction nous attendait. J'embarquai avec mes quatre gardiens et l'agent de la C.I.A. L'appareil décolla immédiatement à destination de Washington.

Personne n'avait apporté de lecture. D'ailleurs, avec les menottes, j'aurais difficilement pu tourner les pages. Le trajet fut d'une monotonie des plus fastidieuses.

CHAPITRE XVIII

Ma cellule, située au sous-sol du quartier général de la C.I.A. à Washington, me parut infiniment plus confortable que la geôle humide et sombre d'Istanbul. Elle était bien éclairée et très propre, pourvue d'un lit, d'une petite commode et d'une étagère supportant quelques livres brochés. Je m'aperçus que la plupart de ceux-ci étaient des romans d'espionnage. Au début, cela me parut cocasse, mais après les avoir lus, les uns à la suite des autres, je ne leur trouvai plus la moindre trace d'humour. Je lisais le même roman d'espionnage deux fois de suite et je ne m'en rendais compte qu'à une vingtaine de pages de la fin.

La nourriture était bonne, moins savoureuse que le pilaf de rigueur à Istanbul, mais infiniment plus variée. Je suis d'ailleurs persuadé que ce régime était plus équilibré que le pain au pilaf et le pilaf au pain. Sans les interminables séances d'interrogatoire, ma détention aurait été très supportable. Mes geôliers employaient une méthode diamétralement opposée à celle de leurs collègues d'Istanbul. Là-bas, rien ne venait rompre la monotonie des jours. A Washington, au contraire, on venait me questionner trois, quatre fois par jour. On me harcelait sans trêve, on revenait sans cesse à la charge et j'en venais à me demander si je tiendrais le coup à la séance suivante. Mais je m'en tenais à une version immuable : je travaillais pour un service spécial, secret, d'une importance vitale, dont la C.I.A. ignorait même l'existence. Je ne pouvais pas établir de contact. Je ne pouvais donner aucun renseignement. Ils finissaient par être écœurés de m'entendre répéter à chaque séance : « Je ne peux rien vous dire. » Je n'avais pas la moindre idée de la façon dont la situation allait évoluer et je ne tenais d'ailleurs pas spécialement à y penser. En l'état actuel des choses, ils ne pouvaient ni me relâcher, ni me livrer à une autre puissance, ni me traduire devant un tribunal...

— Tanner, vous voulez que je vous dise une chose ? me demanda un beau jour un de mes tortionnaires. Eh bien... nous vous croyons presque. Presque. Pourquoi ne nous aidez-vous pas un peu ?

— Comment ?

— Donnez-nous un nom. Rien qu'un nom. Simplement le nom d'une personne que nous pourrions appeler afin de nous assurer que vous êtes bien celui que vous prétendez être. Rien qu'un tout petit nom, Tanner... et on vous relâchera peut-être.

— Je ne peux pas.

— Un numéro de téléphone alors.

— Non.

— Tanner, j'admets que vous ayez la tête farcie des principes chers à tous frères d'armes. J'admets que vous soyez imbu à l'extrême d'esprit de corps et tout ça. D'ailleurs, ici nous sommes très chatouilleux sur la question. Que Dieu protège le service et lui prête longue vie ! Vous éprouvez probablement les mêmes sentiments à l'égard de votre propre groupe. C'est bien ça ?

— Et alors ?

— Voilà où je veux en venir, Tanner. Nous sommes tous prêts à mourir pour notre pays. Nous irions en enfer pour la C.I.A., mais tous les cas ne sont pas prévus dans notre code. Vous ne voulez tout de même pas passer le reste de vos jours à croupir dans une cellule infecte alors que vos chefs sont sans doute tout près et qu'il vous suffirait de les appeler pour qu'ils s'occupent de vous ! Ils doivent se faire un sang d'encre, et attendre désespérément un signe de votre part. Pourquoi ne pas me laisser les appeler ?

— Non.

— Donnez-moi les initiales, Tanner. Seulement les initiales.

— Non.

— Alors, tout ça n'est qu'un énorme bobard, hein ? Vous êtes un communiste, Tanner ? Ou plus simplement un cinglé ?

— Non.

— Je ne crois pas un mot de votre histoire, Tanner. Pas un mot !

— C'est votre droit.

— Vous moisirez ici le restant de vos jours... Toute votre chienne de vie ! C'est ça que vous voulez ?

— Non.

— Alors, comment croyez-vous vous en sortir ?

— Mes supérieurs me feront relâcher.

— Comment vous trouveront-ils ?

— Ils me trouveront.

Et ils me trouvèrent.

Ils me trouvèrent après le petit déjeuner, au bout de trois semaines de cellule. J'avais dépassé le stade où je me demandais combien de temps je pourrais soutenir les interrogatoires. Je savais que je ne réussirais pas éternellement à leur résister. Les séances s'espaçaient ; quelquefois, deux ou trois jours s'écoulaient sans interrogatoire. Les entrevues devenaient plus brèves, moins hargneuses.

Enfin, un beau matin, après le petit déjeuner, un gardien entra dans ma cellule, suivi d'un des agents de la C.I.A.

— Ils sont venus vous chercher Tanner. Prenez vos affaires.

Mes affaires ? Je n'avais que les vêtements que je portais.

— Et suivez-moi. Ils ont fini par découvrir que vous étiez ici, Dieu sait comment. Il a dû y avoir une fuite quelque part, malgré les précautions que nous avions prises. Venez avec moi. Vous savez, Tanner, je ne croyais pas qu'ils se manifesteraient jamais. Je ne croyais même pas à leur existence. Je pensais que vous resteriez dans cette cellule jusqu'à la fin de vos jours.

— Moi aussi.

— Il ne faut pas nous en vouloir. Mettez-vous à notre place... Vous auriez agi de la même façon, n'est-ce pas ?

— Bien entendu.

— Alors, sans rancune ?

— Sans rancune.

— Certaines des accusations que nous avons portées...

— Bah ! il faut ce qu'il faut. N'en parlons plus.

— Eh bien, parfait, Tanner. Vous êtes un type bien, mon vieux.

Deux hommes en complet foncé m'attendaient dans le hall. L'un d'eux s'avança.

— Phil Martin, dit-il en me tendant la main.

— Klausner. Joe Klausner, se présenta l'autre.

Je serrai les deux pognes.

— Le chef vient seulement d'apprendre ce qui vous est arrivé, expliqua Martin. Ça a demandé du temps. Il y a trois semaines que vous êtes là ?

— A peu près.

— Grands dieux !

— Ça n'était pas si terrible.

— Hum ! fit Martin. La voiture est devant la porte. Le chef veut vous voir immédiatement. Il y a une bouteille dans la bagnole. Un petit coup ne vous fera pas de mal, j'ai l'impression.

Phil Martin tira une fiasque de whisky de la boîte à gants et il me la tendit. J'en bus une longue rasade, rebouchait la bouteille et la remis en place. Nous avions tous trois pris place sur la banquette avant, moi au milieu. Phil conduisait. Dès que la voiture eut démarré, Joe se retourna sur son siège. Il garda les yeux rivés sur la lunette arrière.

— Ouais, ils nous suivent, annonça-t-il après quelques centaines de mètres. Deux bagnoles en équipe. Une Pontiac marron et une Ford gris clair. Tu les vois ?

— Ouais.

— Sacrée C.I.A. ! Au fond, je suis plutôt content de les voir là ! S'ils nous filent, c'est qu'ils ne connaissent pas l'adresse de nos bureaux. Ce qui n'est pas plus mal. Sème-les, Phil.

— Bien sûr, y a la paire ! Ces gars-là ne doivent même pas être foutus d'aller pisser tout seuls !

— Contente-toi de les semer.

Phil les sema. Il tourna à gauche, puis à droite,

puis de nouveau à gauche, emprunta plusieurs sens interdits, et lâcha nos suiveurs en moins de dix minutes.

— C'est quand même un monde d'avoir à se méfier de ses amis plus encore que de ses ennemis ! marmonna-t-il. Le chef a hâte de vous voir, Tanner. Il ne savait pas que vous étiez l'un des nôtres. Mais il s'en est douté quand il a appris cette histoire de Macédoine. Dallmann avait des contacts en Macédoine... Dallmann est mort, vous savez ?

— Je sais.

— Evidemment, rétorqua Phil avec un laconisme méritoire.

Le mutisme régna pendant la suite du trajet. Phil arrêta la voiture devant la boutique d'un cordonnier, dans un faubourg crasseux du quartier noir. Je suivis Joe qui s'engouffra dans l'immeuble en empruntant une porte à droite du magasin. Derrière lui, je grimpai trois étages d'un escalier aux marches branlantes avant d'atteindre le dernier palier. Là, Joe frappa à la porte d'un appartement anonyme. Une voix grave nous invita à entrer. Mon compagnon ouvrit et s'avança. Je suivis le mouvement.

— Voici Tanner, chef ! annonça Joe.

— Parfait. Pas d'ennuis avec la C.I.A. ?

— Pas le moindre. Ils nous ont filés, mais Phil les a semés. Il est fortiche.

— Oui, acquiesça le chef. C'est un bon agent.

— Vous voulez que je reste dans le secteur ?

— Non, tu peux disposer, Joe.

— Entendu.

Joe s'éclipsa et referma la porte. Le chef était un homme au visage rond, au crâne chauve, dont les mains grassouillettes reposaient tranquillement à plat sur le bureau. Pas un seul papier devant lui.

J'avisai deux corbeilles, l'une marquée ENTREES, l'autre SORTIES ; toutes deux étaient vides. Un globe terrestre ornait l'angle de la table et une carte du monde se détachait sur le mur, derrière lui.

— Evan Michael Tanner... marmonna le chef. Je suis heureux de faire votre connaissance, Tanner.

Nous nous serrâmes la main. Il me désigna un siège et je m'assis.

— Dallmann est mort, dit-il. Je suppose que vous le saviez.

— Oui.

— Abattu à Dublin. Une ironie du sort... L'accident a dû se produire immédiatement après qu'il vous a passé les papiers.

— Oui.

— Je me suis douté que vous pouviez être l'agent de Dallmann dès que nous avons commencé à recevoir des rapports à votre sujet. Nous ne sommes pas comme les agents de la C.I.A., vous savez. Je ne crois pas au travail d'équipe ; je n'y ai jamais cru. C'est une méthode qui peut avoir son utilité dans certains cas, mais pas dans les opérations que nous menons. Vous me suivez, Tanner ?

— Oui, dis-je.

— J'encourage mes hommes à former leurs propres adjoints dont ils taisent l'identité ; ils ne me la communiquent même pas. Quand l'un de nos agents part en mission, il part seul. S'il a des ennuis, il ne peut pas appeler à l'aide. S'il est pris, je ne le connais pas. J'ignorais tout de votre appartenance au groupe de Dallmann. Ainsi que je vous l'ai dit, je m'en doutais, mais je n'en étais pas sûr. J'en ai pratiquement acquis la certitude quand nous avons reçus des rapports sur l'incident de Macédoine. (Il sourit pour la première fois.) Du bon boulot,

Tanner. L'une des plus jolies besognes accomplies depuis bien des années.

— Merci, monsieur.

— Il est possible que ce soit là le plus rude coup porté à l'hégémonie yougoslave depuis la fin des hostilités. Nous avons été littéralement stupéfaits quand cette insurrection a éclaté. Littéralement ! On pouvait s'attendre à tout, sauf à un soulèvement en Macédoine. Je sais que Dallmann préparait une opération de grande envergure dans cette région. Je suppose que c'est pour préparer le terrain qu'il vous avait envoyé à Istanbul la première fois ?

— En effet.

— Et il y a eu un pépin. Joli travail d'avoir retrouvé Dallmann à Dublin après cette histoire. Plus joli encore d'avoir ensuite eu l'audace de passer à l'exécution du plan de Macédoine ! La plupart des agents se seraient contentés des documents britanniques et les auraient tranquillement rapportés aux U.S.A. Dallmann aurait été fier de vous, Tanner.

Je ne répondis pas. Dallmann, le grand type à lunettes, avait sans doute vu en moi un membre de son équipe en apprenant le fiasco d'Istanbul.

Le chef considéra ses mains.

— Curieuse situation en Irlande, marmonna-t-il. Les Irlandais ont subtilisé ces plans à Londres avec une facilité déconcertante. Les Anglais ne savaient même pas qui s'en était emparé, mais nous étions au courant et nous ne pouvions pas nous permettre de les laisser entre les mains des Irlandais ; leurs services de sécurité ne sont pas les meilleurs du monde, vous savez, et ces plans étaient d'une importance capitale. Une autre puissance aurait pu s'en saisir. Nous devions tenter de les récupérer pour deux raisons ; tout d'abord, les enlever aux Irlandais, ensuite, donner une leçon à Downing Street. C'est la première fuite qui n'ait pas eu pour origine une affaire de mœurs depuis fort longtemps. Voilà qui devrait les mettre sur leurs gardes, vous ne croyez pas ?

Nous partîmes tous deux d'un grand éclat de rire à cette bonne plaisanterie.

— La C.I.A. vous en a fait voir de dures, hein, Tanner ?

— Ça n'a pas été trop terrible.

— Vous ne dormez jamais, n'est-ce pas ? Votre dossier fait état de cette particularité. Ça doit être pratique.

— Assez, oui.

— Hum... hum... Je m'en doute. Désolé que vous ayez eu à subir ces trois semaines d'interrogatoire de la part de la C.I.A. J'ai cru comprendre que vous ne leur aviez rien dit ?

— J'ai dû leur remettre les plans.

— Aucune importance. Vous ne pouviez pas l'éviter. (Il gloussa.) Vous avez dû les mettre dans une situation impossible... Vous connaissez leurs méthodes habituelles d'interrogatoire ? Ils se contentent de laisser l'homme s'endormir, puis ils le réveillent et le questionnent ; ensuite, ils le laissent sombrer dans le sommeil, puis ils le secouent et recommencent leurs interrogatoires. Ils jouent sur le point le plus faible de tout individu normal. Mais avec vous, ça ne pouvait pas marcher, naturellement.

— Naturellement.

— Très pratique.

— Oui, monsieur.

Il se leva.

— Vous entretenez des relations avec des groupes

marginaux et des organisations d'hurluberlus un peu partout dans le monde, n'est-ce pas ? Est-ce à titre professionnel, ou seulement par goût ?

— Simple violon d'Ingres.

— Très utile, n'est-ce pas ? Vous travailliez beaucoup pour Dallmann ?

— Non. Quelques petites besognes épisodiques avant cette mission. Rien d'important.

— Je m'en étais douté. Et ça ne vous a pas empêché de vous conformer strictement à la discipline tout au long de vos péripéties, n'est-ce pas ? Ni d'opérer comme un véritable professionnel... Très intéressant.

Pendant un long moment, nous gardâmes le silence. Puis il se leva et fit le tour du bureau. Je me levai et il me serra la main.

— Quels sont vos projets, Tanner ?

— Je vais retourner à New York.

— Reprendre vos occupations habituelles, hein ?

— Oui.

— Bien. Très bien. (Il réfléchit un instant.) Nous pourrons peut-être vous confier une mission de temps à autre.

— D'accord.

— Nous menons une vie infernale à nos agents. Je ne sais pas quels arrangements vous aviez avec Dallmann ; ça n'a d'ailleurs guère d'importance à présent, n'est-ce pas ? Voyez-vous, nous sommes des patrons intraitables. Nous vous confions une mission et c'est tout. Nous ne fournissons aucun contact ; nous ne déblayons pas le terrain. Mais, par ailleurs, nous n'exigeons pas de rapports en trois exemplaires. Nous ne voulons rien connaître de vos agissements ni de vos méthodes. Nous n'exigeons qu'une chose : la livraison de la marchandise qui fait l'objet de la mission. Si vous êtes pris à un moment quelconque, nous n'avons jamais entendu parler de vous et vous n'avez jamais entendu parler de nous ; nous ne pouvons même pas vous faire sauter une contravention. Et si vous êtes tué, nous portons un toast à votre mémoire, sans plus. Ni fleurs, ni couronnes. Vous m'avez bien compris ?

— Oui, monsieur.

— Dans ce cas, nous vous contacterons peut-être si quelque chose se présente. Etes-vous d'accord ?

— Oui, monsieur.

— J'aime votre style, Tanner... surtout en Macédoine. Un bel exploit. (Il esquissa un bref sourire et se détourna.) Vous trouverez facilement la sortie. Continuez à pied pendant quelques centaines de mètres avant de prendre un taxi. Vous feriez peut-être bien de retourner directement à New York. N'essayez jamais de me joindre... Je suppose que vous le savez, mais je préfère vous le rappeler. Nous sommes bien d'accord ?

— Tout à fait.

— Où en êtes-vous, question argent ?

— J'aimerais bien pouvoir m'offrir un billet d'avion... Je manque d'argent frais.

— Et à part ça ?

— Ça ira. (Je réfléchis un instant.) J'ai réussi à... euh... à en ramasser un peu au cours du voyage.

Il éclata de rire.

— Exactement comme Dallmann ! s'écria-t-il. Il ne présentait même pas ses notes de frais. Il prétendait gagner plus d'argent que le meilleur salaire que nous aurions pu lui verser. J'aime encourager ce genre d'esprit qui porte un homme à garder les pieds sur terre. Vous entrez parfaitement dans le cadre de notre organisation, Tanner.

Il me donna cent dollars pour le billet d'avion et les faux frais. Nos mains s'étreignirent une troisième et dernière fois, puis je sortis.

DU MÊME AUTEUR

Aux Éditions Gallimard

Dans la collection Série Noire

Y'A QU'A SE BAISSER, *n° 687*

L'ÉTOUFFE SERVIETTE, *n° 743*

ARNAQUE A L'HECTARE, *n° 1099*

ANNULEZ LE TCHÈQUE !, *n° 1159*

LUNE ROUGE, *n° 1189*

HAUTE VOLTIGE, *n° 1221*

BEAU DOUBLÉ POUR TANNER, *n° 1227*

FAITES SAUTER LA REINE !, *n° 1248*

LE NŒUD COULANT, *n° 1304*

SACRÉS LASCARS, *n° 1333*

VOL ET VOLUPTÉ, *n° 1836*

Dans la collection Super Noire

LE TUEUR DU DESSUS, *n° 109*

LE MONTE-EN-L'AIR DANS LE PLACARD, *n° 130*

COLLECTION CARRÉ NOIR

Dernières parutions :

385.	J. Oriano	*B. comme Baptiste.*
386.	Carter Brown	*Envoyez la soudure.*
387.	David Goodis	*Les pieds dans les nuages.*
388.	Ed McBain	*On suicide.*
389.	Pierre Siniac	*Les sauveurs suprêmes.*
390.	J.-P. Manchette	*L'affaire N'Gustro.*
391.	Jean Seignard	*A la santé d'Adolphe.*
392.	John Trinian	*Mélodie en sous-sol.*
393.	Carter Brown	*Dansons la camisole.*
394.	Larry Holden	*Faridon en Floride.*
395.	Albert Simonin	*Une balle dans le canon.*
396.	Charles Williams	*Aux urnes les ploucs.*
397.	Jean Delion	*Pouce !*
398.	Francis Ryck	*Prière de se pencher au-dehors.*
399.	Samuel W. Taylor	*Comme un frère.*
400.	Jean Vautrin	*Groom.*
401.	Carter Brown	*Demain, on tue !*
402.	D. H. Clarke	*Strictement confidentiel.*
403.	Lionel White	*Les voraces.*
404.	Paul Cain	*A tombeau ouvert.*
405.	James Hadley Chase	*Passez une bonne nuit.*
406.	David Goodis	*Cauchemar.*
407.	James Gunn	*Tendre femelle.*
408.	Carter Brown	*Rocking Chéries.*
409.	Stanley Ellin	*La peur au ventre.*
410.	Victor Rosen	*Calibre 38.*
411.	Donald E. Westlake	*Pris dans la glu.*

412.	Peter Cheyney	*Comment qu'elle est.*
413.	Ed McBain	*Dix plus un.*
414.	Louis Malley	*La famille pied-de-bouc.*
415.	Jean Sareil	*Le pipelet n'a pas pipé.*
416.	Cledwyn Hugues	*La jambe de Caïn.*
417.	Thomas B. Reagan	*Le contre-casse.*
418.	Donald E. Westlake	*Le paquet.*
419.	Harry Whittington	*Casse-tête.*
420.	Peter Cheyney	*Vous pigez ?*
421.	Ed McBain	*Tout le monde sont là.*
422.	Pierre Siniac	*Pas d'ortolans pour La Cloducque.*
423.	Charles Williams	*L'ange au foyer.*
424.	Jean Amila	*La lune d'Omaha.*
425.	Richard Neely	*Le tourmenteur.*
426.	Viard & Zacharias	*Le roi des mirmidous.*
427.	Jim Thompson	*Un chouette petit lot.*
428.	J.-P. Bastid	*Méchoui-massacre.*
429.	J.-P. Manchette/Bastid	*Laissez bronzer les cadavres.*
430.	Jeffrey Ashford	*Pièges à flics.*
431.	James Hadley Chase	*Tu me suivras dans la tombe.*
432.	Peter Cheyney	*Les femmes s'en balancent.*
433.	Ed McBain	*80 millions de voyeurs.*
434.	Van Hamme	*Largo Winch et le groupe W.*
435.	Geoffrey Home	*Pendez-moi haut et court.*
437.	Charles Williams	*Vivement dimanche.*
438.	Harry Whittington	*Vingt-deux.*
439.	Peter Cheyney	*La môme Vert-de-gris.*
440.	Ed McBain	*Les heures creuses.*
441.	J. Oriano	*O.K. Léon.*
442.	James M. Cain	*Dans la peau.*
443.	Robin Cook	*Crème anglaise.*
444.	Dick Francis	*Panique au pesage.*
445.	Van Hamme	*Largo Winch. Le dernier des doges.*
446.	Alan Green	*Un drôle de corps.*
447.	Ed McBain	*Branle-bas au 87.*
448.	Jim Thompson	*Deuil dans le coton.*
449.	Joe Gores	*Hammett.*

450.	Carter Brown	*Tous au pageot.*
451.	B.-J. Sussman & J.-P. Manchette	*L'homme au boulet rouge.*
452.	Richard Matheson	*De la part des copains.*
453.	Ed McBain	*Entre deux chaises.*
454.	Van Hamme	*Largo Winch. L'heure du tigre I — La forteresse de Makiling.*
455.	Curt Cannon	*Faites donner le Cannon.*
456.	Dan Marlowe	*Sus aux sangsues.*
457.	William P. McGivern	*Sans bavure.*
458.	Charles Williams	*Mieux vaut courir.*
459.	Jean Amila	*A qui ai-je l'honneur ?*
460.	James M. Cain	*Le bluffeur.*
461.	Dolores Hitchens	*Dans l'intérêt des familles.*
462.	Thomas Reagan	*Un job en or.*
463.	Van Hamme	*Largo Winch. L'heure du tigre II — Les révoltés de Zamboanga.*
464.	Carter Brown	*Cash sex.*
465.	Harry Longbaugh	*Soyons Régence.*
466.	Michael Maltravers	*La maladie de Chooz.*
467.	Ed McBain	*N'épousez pas un flic.*
468.	A. D. G.	*Je suis un roman noir.*
469.	Peter Cheyney	*A toi de faire ma mignonne.*
470.	Day Keene	*Je tire ma révérence.*
471.	Van Hamme	*Largo Winch. Business blues.*
472.	Thomas Reagan	*La dernière virée.*
473.	Marc Behm	*Mortelle randonnée.*
474.	James Hadley Chase	*Ce n'est pas dans mes cordes.*
475.	W. R. Burnett	*Donnant donnant.*
476.	Ed McBain	*Faites danser le cadavre.*
477.	Francis Ryck	*Le testament d'Amérique.*
478.	Alex Varoux	*Un globule dans la Tamise.*
479.	José Giovanni	*Le ruffian.*
480.	Martin Brett	*Sables-d'or-les-pains.*
481.	Stanley Ellin	*A double tour.*
482.	Pierre V. Lesou	*Le Doulos.*
483.	Kenneth Royce	*Du ciment dans les bottes.*
484.	Peter Cheyney	*Cet homme est dangereux.*

485.	R. Croft-Cooke	*Au charbon, les hommes.*
486.	Alec Coppel	*L'assassin revient toujours.*
487.	Jean-Patrick Manchette	*Que d'os !*
488.	Emmanuel Errer	*Saint Tropez oil company.*
489.	Andrew Coburn	*Un dimanche de flic.*
490.	Michael Avallone	*Pan partout.*
491.	Kevin Fitzgerald	*E pericoloso sporgersi.*
492.	Dorothy B. Hugues	*A jeter aux chiens.*
493.	Bill Pronzini	*Le coup tordu.*
494.	Carter Brown	*Du beau monde au balcon.*
495.	Robert Holland	*Ça sent le fauve.*
496.	Oliver Jacks	*La seconde de détente.*
497.	Henry Kane	*A la trappe les nababs.*
498.	W. R. Burnett	*Le Samson de l'Ouest.*
499.	James Hadley Chase	*Ça ira mieux demain.*
500.	William P. McGivern	*Quand les poulets ont des dents.*
501.	W. L. Heath	*Les inconnus dans la ville.*
502.	William O'Farrell	*Pieds humides.*
503.	Patrick Mann	*La grande pagaille.*
504.	William Mole	*La bosse du crime.*
505.	Lionel White	*Un coup fumant.*
506.	A. D. G.	*Juste un rigolo.*
507.	Richard Jessup	*Chanteur de choc.*
508.	Ed McBain	*En pièces détachées.*
509.	Henri Viard	*La bande à Bonape.*
510.	W. R. Burnett	*Un homme à la coule.*
511.	Jean-Patrick Manchette	*Morgue pleine.*
512.	Jean Amila	*Langes radieux.*
513.	Carter Brown	*Le péché capiteux.*
514.	José Giovanni	*Ho !*
515.	Curt Siodmak	*Le cerveau du nabab.*
516.	Ed McBain	*La rousse.*
517.	Francis Ryck	*La peau de torpédo.*
518.	A. D. G.	*Les panadeux.*

Impression Bussière à Saint-Amand (Cher),
le 16 mai 1984.
Dépôt légal : mai 1984.
Numéro d'imprimeur : 2297.

ISBN 2-07-043519-9/Imprimé en France

33682